MELVILLE

Bartleby

Traduit de l'anglais par
Bernard Hœpffner

Avec une postface de
Olivier Nora

Couverture de Laurence Le Piouff
Illustrations de Laurent Parienty

ÉDITIONS MILLE ET UNE NUITS

MELVILLE
n° 39

Texte intégral.
Titre original : *Bartleby*.

© Éditions Mille et une nuits, août 1994
pour la traduction, la postface et les illustrations.
ISBN : 2-910233-44-8

Sommaire

MELVILLE

Bartleby

Bartleby

Je suis un homme assez avancé en âge. Au cours des trente dernières années, la nature de ma profession m'a mis tout particulièrement en contact avec une catégorie d'hommes apparemment intéressants et quelque peu singuliers à propos desquels rien, que je sache, n'a jamais été écrit — je veux parler des copistes de documents légaux, ou scribes. J'en ai connu un très grand nombre, à titre professionnel ou privé, et je pourrais, si je le voulais, relater diverses histoires qui feraient sans doute sourire les messieurs d'un naturel heureux et pleurer les âmes sentimentales. Mais je renonce aux biographies de tous les autres scribes pour quelques passages de la vie de Bartleby, le scribe le plus étrange que j'aie vu ou dont j'aie jamais entendu parler. Alors que je pourrais écrire la vie entière d'autres copistes, pour Bartleby j'en serais bien incapable. Je crois que les matériaux pour une biographie complète et satisfaisante de cet homme n'existent pas. C'est une perte irréparable pour la littérature. Bartleby était un de ces êtres au sujet desquels rien n'est vérifiable, sinon aux sources originales et, dans son cas, elles sont bien maigres. Ce que mes yeux étonnés ont vu de Bartleby, *voilà* tout ce que je sais de lui, hormis cependant une vague rumeur, qu'on trouvera exposée à la fin de ce texte.

Avant de présenter le scribe tel qu'il m'apparut pour la première fois, il convient que je me situe quelque peu moi-même, ainsi que mes employés, mes affaires, mon étude et tout ce qui m'entoure ; car une telle description est indispensable pour bien comprendre le personnage principal qui va être présenté. *Imprimis* : je suis un homme qui, dès sa jeunesse, a toujours été profondément convaincu que le mode de vie le plus paisible est toujours le meilleur. C'est pourquoi, bien qu'appartenant à une profession proverbialement énergique et fébrile, parfois même jusqu'à la turbulence, je n'ai cependant jamais permis que rien de tout cela ne vînt empiéter sur ma paix. Je suis un de ces hommes de loi peu ambitieux qui jamais ne s'adressent à un jury, et jamais ne provoquent les applaudissements du public ; mais qui, dans la fraîcheur tranquille d'une douillette retraite, s'occupent d'affaires douillettes au milieu des obligations, des hypothèques et des titres de propriété des riches de ce monde. Tous ceux qui me connaissent me considèrent comme un homme éminemment *sûr*. Feu John Jacob Astor, personnage peu enclin à l'enthousiasme poétique, déclarait sans la moindre hésitation que la première de mes qualités était la prudence ; la seconde, la méthode. Ce n'est pas par vanité que j'en parle, je prends simplement acte du fait qu'il n'était pas rare que, dans l'exercice de ma profession, je fusse employé par feu John Jacob Astor ; un nom que j'aime à répéter, je l'admets volontiers ; car il rend un son plein et orbiculaire, semblable à celui des pièces d'or sonnantes et trébuchantes. J'ajouterai en toute liberté que j'étais loin d'être insensible à la bonne opinion de feu John Jacob Astor.

Quelque temps avant l'époque où débute cette petite histoire, mes affaires avaient pris beaucoup d'extension. La bonne et ancienne charge de maître Chancelier, aujourd'hui abolie dans l'État de New York, m'avait été conférée. Cette charge, bien que peu ardue, était cependant agréablement rémunératrice. Je perds rarement mon sang-froid et il est plus rare encore que je me laisse aller à une dangereuse indignation devant les injustices et les outrages ; mais permettez-moi ici de faire montre d'emportement et de déclarer que je considère la soudaine et violente abrogation, par la nouvelle Constitution, de la charge de maître Chancelier, comme... un acte prématuré ; attendu que j'en escomptais un bénéfice à vie, alors que je n'ai pu en profiter que quelques brèves années. Mais je n'ai mentionné cela qu'en passant.

Mon étude se trouvait à l'étage, au n°... de Wall Street. À une extrémité, elle donnait sur le mur blanc d'un spacieux puits d'aération qui traversait le bâtiment de haut en bas.

On aurait fort bien pu considérer cette vue comme assez insignifiante, en ce sens qu'il lui manquait ce que les paysagistes appellent « la vie ». Peut-être bien, mais alors, la vue qu'on avait de l'autre extrémité de mon étude offrait du moins un contraste, à défaut d'autre chose. De mes fenêtres, de ce côté-là, on avait une vue imprenable sur un immense mur de briques, noirci par l'âge et par une pénombre sempiternelle ; point n'était besoin de longue-vue pour examiner la beauté que recelait ce mur, car, pour le bénéfice des spectateurs à la vue un peu courte, il se dressait à moins de dix pieds de mes vitres. Du fait de la grande hauteur des immeubles avoisinants, et de la situation de mon étude au premier étage, l'intervalle séparant ce mur du mien n'était pas sans ressembler à une énorme citerne carrée.

À l'époque qui précédait immédiatement la venue de Bartleby, j'employais deux personnes comme copistes et un jeune garçon plein d'avenir comme garçon de bureau. Premièrement, Dindon ; deuxièmement, Pincettes ; troisièmement, Gingembre. Ces noms, pourrait-on penser, ne sont pas du genre de ceux qu'on trouve communément dans l'annuaire. C'étaient, en réalité, les sobriquets que mes trois clercs s'étaient mutuellement attribués et qui étaient supposés bien exprimer leurs personnes ou leurs caractères respectifs. Dindon était un Anglais trapu et corpulent d'un âge proche du mien — autrement dit, il frisait la soixantaine. Le matin, son visage était, pourrait-on dire, d'une belle teinte vermeille, mais, après la douzième heure méridienne — l'heure de son déjeuner — il flamboyait comme un brasier de charbon à Noël ; et continuait à flamboyer — mais, pour ainsi dire, avec un éclat décroissant — jusqu'à six heures du soir environ ; heure après laquelle je ne voyais plus le propriétaire du visage qui, ayant atteint son méridien en même temps que le soleil, semblait se coucher avec lui, pour se lever, culminer et décliner le lendemain, avec la même régularité et une splendeur identique. Au cours de ma vie, j'ai connu bien des coïncidences étranges, dont la moindre n'est pas le fait que le moment précis où la face rougeaude et radieuse de Dindon projetait ses plus puissants rayons, était alors, aussi, le moment critique où com-

mençait la période quotidienne durant laquelle je considérais que ses capacités de travail étaient singulièrement
altérées pour le reste de la journée. Non qu'il devînt alors
totalement oisif, ou réfractaire au travail ; bien au
contraire. Le problème était qu'il avait tendance à faire
montre d'une énergie excessive. Toutes ses activités se
trouvaient empreintes d'une étrange témérité enflammée,
emportée et désordonnée. Il ne prenait aucune précau-
tion en trempant sa plume dans son encrier. Toutes les
taches qu'il faisait sur mes documents venaient y choir
après la douzième heure méridienne. En outre, non seulement il était téméraire et malheureusement enclin à
faire des taches l'après-midi, mais certains jours il lui
arrivait d'aller plus loin et de se montrer assez bruyant.
C'était alors, aussi, que son visage devenait un blason
flamboyant, comme si on avait versé une houille grasse
sur de l'anthracite. Il faisait un agaçant tapage avec sa
chaise ; il renversait sa boîte à poudre ; dans son impatience, il brisait ses plumes en les taillant et, pris d'une
soudaine passion, les jetait au sol ; il se levait et, penché
sur sa table, malmenait ses papiers, manières des plus
inconvenantes, fort tristes à observer chez un homme de
son âge. Néanmoins, comme à maints égards il m'était
très précieux et comme, toutes les heures anté-méri-
diennes, il était aussi rapide et appliqué que possible et
abattait une énorme quantité de travail dans un style dif-
ficilement égalable — pour ces raisons, j'avais tendance
à fermer les yeux sur ses excentricités, encore qu'il
m'arrivât parfois de lui faire des remontrances. Ce que
je faisais, d'ailleurs, avec grande douceur, car il avait

beau être le plus civil, le plus doux et le plus respectueux des hommes le matin, il lui arrivait l'après-midi, si on le provoquait, de laisser aller sa langue — en fait de se montrer insolent. Or, prisant comme je le faisais ses services du matin et résolu à ne pas les perdre — bien qu'importuné par ses manières incendiaires après les douze coups de midi — et voulant éviter, étant un homme paisible, de m'attirer par mes remontrances des répliques déplacées, je pris sur moi, un samedi à midi (il était toujours à son pire le samedi), de lui faire comprendre, avec bienveillance, qu'il vaudrait peut-être mieux, étant donné qu'il se faisait vieux, abréger ses travaux ; bref, qu'il n'était pas nécessaire qu'il vînt travailler dans mes bureaux l'après-midi et qu'il pourrait, une fois son déjeuner terminé, rentrer chez lui pour s'y reposer jusqu'à l'heure du thé. Mais non — il insista sur ses dévotions de l'après-midi. Il s'empourpra violemment et m'assura avec grandiloquence — tout en gesticulant avec une grande règle à l'autre bout de la pièce — que si ses services du matin étaient utiles, n'étaient-ils pas indispensables l'après-midi ?

« Avec votre permission, monsieur, dit Dindon à cette occasion, je me considère comme votre bras droit. Le matin, je ne fais que rassembler et déployer mes colonnes ; mais l'après-midi, je me mets à leur tête pour vaillamment charger l'ennemi, comme ceci » — et il plongea en avant avec sa règle.

« Mais les taches, Dindon », intimai-je.

« Certes ; mais avec votre permission, monsieur, regardez donc ces cheveux ! Je me fais vieux. Mais enfin, monsieur, une tache ou deux dans la chaleur de l'après-midi, on ne peut pas sérieusement le reprocher à des cheveux gris. Le grand âge — même s'il tache la page — reste honorable. Avec votre permission, monsieur, nous nous faisons vieux *tous les deux*. »

Il m'était impossible de repousser un tel appel à ma sympathie. De toute façon, j'avais compris qu'il ne s'en irait pas. Je pris donc le parti de lui permettre de rester, ayant décidé, toutefois, de m'assurer que, l'après-midi, il ne s'occuperait que des moins importants de mes documents.

Pincettes, le deuxième sur ma liste, était un jeune homme blême et moustachu d'environ vingt-cinq ans qui, tout compte fait, avait plutôt l'air d'un pirate. J'ai toujours estimé qu'il était la victime de deux puissances maléfiques — l'ambition et l'indigestion. Son ambition se manifestait par l'impatience certaine qu'il montrait à remplir les devoirs d'un simple copiste, par son ingérence injustifiée dans des affaires strictement professionnelles telles que la rédaction originale d'actes juridiques. Son indigestion se manifestait apparemment par une susceptibilité et un énervement sporadiques et par une irascibilité grimaçante qui le faisaient grincer distinctement des dents sur les erreurs commises en copiant ; d'inutiles malédictions, sifflées plutôt qu'articulées dans la fièvre du travail ; et tout particulièrement par une insatisfaction perpétuelle au sujet de la hauteur de la table sur laquelle il travaillait. Malgré sa grande habileté mécanique, Pincettes n'avait jamais une table à sa convenance. Il glissait sous les pieds des éclats de bois, des cales de diverses dimensions, des morceaux de carton et,

pour finir, allait même jusqu'à tenter un ultime ajuste-
ment d'une exquise perfection à l'aide de bouts de
buvard pliés. Mais aucune de ses inventions ne le satis-
faisait. Si, dans l'espoir de soulager son dos, il donnait à
sa table un angle aigu qui la remontait vers son menton
et se mettait à écrire comme un homme qui aurait voulu
se servir du toit pentu d'une maison hollandaise comme
d'un bureau, alors il déclarait que le sang ne circulait
plus dans ses bras. Si, ensuite, il rabaissait la table
jusqu'à sa ceinture, à un point tel qu'il devait se plier en
deux pour écrire, alors il ressentait une forte douleur
dans le dos. Bref, la vérité était que Pincettes ne savait
pas ce qu'il voulait. Ou, s'il voulait quelque chose, c'était
d'être entièrement débarrassé de son pupitre de scribe.
Une des manifestations de son ambition maladive était
le penchant qu'il montrait à recevoir la visite de certaines
personnes à la mine assez équivoque et aux vêtements
râpés qu'il appelait ses clients. En fait, je savais fort bien
que non seulement on parlait souvent de lui comme
d'une autorité politique de quartier, mais qu'il lui arrivait aussi d'avoir affaire au palais de justice et qu'il
n'était pas inconnu sur les marches des Tombes[1]. J'ai de
bonnes raisons de croire, cependant, qu'un certain individu qui était venu le voir dans mon étude et dont, en
prenant de grands airs, il assurait qu'il était un de ses
clients, n'était rien d'autre qu'un agent de recouvrement,
et le prétendu titre de propriété, une quittance. Pourtant,
malgré tous ses défauts, et les ennuis qu'il me causait,

---

1. Prison de New York. [N.d.T.]

Pincettes, tout comme son compatriote Dindon, m'était fort utile ; il écrivait d'une main sûre et rapide et, quand il le voulait bien, ne laissait pas d'être d'un comportement distingué. De surcroît, il s'habillait toujours avec beaucoup de distinction, ce qui, soit dit en passant, conférait du prestige à mon étude. Il me fallait au contraire faire de grands efforts pour empêcher Dindon de me discréditer. Ses vêtements avaient un aspect généralement graisseux et sentaient la taverne. L'été, il portait des pantalons plutôt lâches et ballants. Ses redingotes étaient exécrables ; son chapeau repoussant. Mais s'il est vrai que son chapeau m'était en grande partie indifférent, étant donné que la civilité et la déférence naturelles à un employé anglais le lui faisaient ôter dès qu'il entrait dans l'étude, sa redingote était une toute autre affaire. Au sujet de ses redingotes, j'essayais de lui faire entendre raison ; mais sans résultat. La vérité était, je suppose, qu'un homme disposant d'aussi maigres revenus ne pouvait se permettre d'arborer à la fois une redingote reluisante et un visage reluisant. Comme Pincettes l'avait un jour fait remarquer, l'argent de Dindon servait surtout à acheter de l'encre rouge. Un jour d'hiver, je fis cadeau à Dindon d'une de mes très respectables redingotes — une redingote grise molletonnée fort confortable et chaude qui se boutonnait complètement, des genoux jusqu'au cou. Je pensais que Dindon allait apprécier cette faveur et que son impatience et son tapage de l'après-midi s'en trouveraient diminués. Mais non ; je suis intimement persuadé que de se boutonner dans une redingote aussi douillette qu'une couverture eut un effet pernicieux sur lui — d'après le principe selon lequel un excès d'avoine nuit aux chevaux. En fait, comme on dit d'un cheval impétueux et rétif qu'il sent son avoine, de la même façon Dindon sentait sa redingote. Elle le rendait insolent. Il était quelqu'un à qui la prospérité nuisait.

Bien que j'eusse ma petite idée sur les faiblesses de Dindon, j'étais tout à fait convaincu, en revanche, que, quels que fussent les défauts de Pincettes à d'autres égards, il était du moins un jeune homme sobre. Mais la nature elle-même s'était chargée de le pourvoir en alcool et lui avait donné, à la naissance, un caractère si irascible et spiritueux que toute libation subséquente devenait inutile. Quand je considère comment, dans le calme de mon étude, il arrivait à Pincettes de se lever avec impatience de son siège et, penché sur sa table, d'écarter largement les bras afin de saisir le pupitre tout entier et de le déplacer, de le secouer et de le faire grincer avec acharnement sur le plancher comme s'il était un instrument volontaire et pervers dont l'intention était de le contrarier et de le tourmenter, je suis tout à fait persuadé que, dans le cas de Pincettes, une fine à l'eau était tout à fait superflue.

Heureusement pour moi, du fait de sa cause particulière — l'indigestion — l'irascibilité de Pincettes, ainsi que la nervosité consécutive, se manifestait surtout le matin, et il était comparativement tranquille l'après-midi. De sorte que, les paroxysmes de Dindon n'apparaissant qu'aux environs de douze heures, je n'étais jamais confronté à leurs excentricités au même moment. Leurs accès se relevaient l'un l'autre comme des sentinelles. Quand celui de Pincettes était de garde, celui de

Dindon était au repos ; et vice versa. Dans ces circonstances, c'était un arrangement naturel bien réglé.

Gingembre, le troisième sur ma liste, était un gamin d'une douzaine d'années. Son père était charretier et nourrissait l'ambition de voir, avant de mourir, son fils siéger au tribunal plutôt que dans une charrette. C'est pourquoi il me l'avait envoyé — il serait étudiant en droit, garçon de courses, et nettoierait et balaierait mes locaux au tarif d'un dollar par semaine. On lui avait attribué un pupitre, mais il ne s'en servait guère. À l'inspection, on trouvait dans son tiroir une multitude de coquilles provenant de diverses espèces de noix. De fait, pour ce jeune garçon à l'esprit vif, toute la noble science du droit était contenue dans une coquille de noix. Une des tâches de Gingembre, et non la moindre, était d'ailleurs celle qu'il accomplissait avec le plus d'empressement : il avait la charge de fournir Dindon et Pincettes en gâteaux et en pommes. La copie de documents légaux étant proverbialement un travail desséchant et aride, mes deux scribes étaient très souvent contraints à s'humecter la bouche avec des Spitzenbergs qu'on pouvait acheter sur les étals proches de la douane et du bureau de poste. En outre, ils envoyaient fréquemment Gingembre acheter ce gâteau particulier — petit, plat, rond et très épicé — qui lui avait valu son surnom. Les matins froids, quand il y avait peu de travail, Dindon avalait de grandes quantités de ces gâteaux, comme s'il s'agissait de pastilles — on les vendait d'ailleurs à raison de six ou huit pour un penny — et le grincement de sa plume se joignait au craquement des particules dans sa bouche. Parmi toutes les ardentes bévues commises par Dindon dans son emportement de l'après-midi, il lui arriva un jour d'humidifier un gâteau au gingembre entre ses lèvres et de le coller résolument sur une hypothèque en guise de cachet. Je fus à deux doigts de le renvoyer ce jour-là. Mais il fit tomber ma colère par une courbette orientale en disant :

« Avec votre permission, monsieur, il est fort généreux de ma part de vous approvisionner en fournitures de bureau à mes frais. »

Or, mes occupations initiales — le notariat, la chasse aux titres, l'établissement de documents abstrus en tous genres — furent considérablement augmentées lorsqu'on m'octroya la charge de maître chancelier. Il y avait désormais beaucoup de travail pour les scribes. Je dus non seulement presser les clercs déjà à mon service, mais je dus également trouver un assistant supplémentaire.

En réponse à mon annonce, un jeune homme immobile se tint un matin sur le seuil de mon étude, dont la porte était ouverte, car nous étions en été. Je vois encore aujourd'hui cette silhouette — lividement propre, pitoyablement respectable, incurablement désolée ! C'était Bartleby.

Après quelques mots se rapportant à ses qualifications, je l'engageai, content d'avoir au sein de mon équipe de copistes un homme d'aspect aussi singulièrement posé, qui ne pouvait qu'avoir une influence bénéfique sur l'humeur explosive de Dindon et sur l'esprit ardent de Pincettes.

J'aurais dû indiquer plus haut que des portes à double battant en verre dépoli divisaient mon étude en deux parties, l'une était occupée par mes scribes et l'autre par moi-même. Selon mon humeur, j'ouvrais parfois ces portes toutes grandes, et parfois les fermais. Je résolus d'assigner à Bartleby un coin près des portes battantes, mais de mon côté, afin d'avoir cet homme tranquille à portée de voix, s'il m'arrivait d'avoir quelque tâche à lui confier. Je plaçai son pupitre devant une petite lucarne dans cette partie de la pièce, une fenêtre qui, à l'origine, avait commandé une vue latérale sur des arrière-cours et des briques encrassées, mais qui, du fait de nouvelles constructions, n'offrait plus la moindre vue au regard, bien qu'elle apportât un peu de lumière. À moins de trois pieds des vitres se dressait un mur, et la lumière arrivait de tout en haut, entre deux immenses bâtiments, comme d'une minuscule ouverture dans un dôme. Pour rendre cet arrangement encore plus satisfaisant, je me procurai un grand paravent vert, grâce auquel Bartleby se trouvait complètement dissimulé à ma vue, tout en restant à portée de ma voix. Et ainsi, en quelque sorte, l'intimité et les besoins sociaux se trouvaient associés.

Tout d'abord, Bartleby abattit une quantité extraordinaire d'écritures. Comme s'il était longtemps resté affamé de copie, il semblait vouloir se gorger de mes documents. Pas la moindre pause pour digérer. Il suivait sa ligne le jour et la poursuivait la nuit, copiant à la lumière du soleil comme à celle des bougies. J'aurais certainement été enchanté par son assiduité s'il avait été laborieux dans la gaieté. Mais il écrivait en silence, sans éclat, mécaniquement.

Parmi les tâches indispensables du métier de scribe, il va sans dire que celui-ci doit vérifier mot à mot l'exactitude de sa copie. Lorsque, dans une étude, il y a plusieurs scribes, ils s'entraident pour effectuer cette vérification, l'un d'eux lisant la copie tandis qu'un autre tient en main l'original. C'est une besogne très monotone, ennuyeuse et léthargique. J'imagine sans aucune difficulté que, pour certains tempéraments sanguins, elle doit être tout à fait insupportable. Je vois mal, par exemple, comment le fougueux poète Byron aurait pu rester tranquillement assis aux côtés de Bartleby pour collationner un document légal de, disons cinq cents pages d'une écriture fine et serrée.

De temps en temps, lors d'un travail urgent, j'avais moi-même pris l'habitude d'aider à collationner les documents courts et, pour ce faire, je faisais venir Dindon ou Pincettes. Si j'avais installé Bartleby si près de moi derrière le paravent, c'était en partie pour utiliser ses services à des tâches triviales de ce genre. Il était chez moi, je crois, depuis trois jours et n'avait pas encore eu besoin de collationner ses propres écritures lorsque, fort pressé de terminer une petite affaire en cours, j'appelai tout à coup Bartleby. Dans ma hâte et comme je m'attendais naturellement à une obéissance immédiate, je gardais la tête penchée sur l'original posé devant moi sur mon bureau, et la copie tremblait au bout de ma main droite, que j'avais tendue de côté, afin que, dès qu'il aurait émergé de sa retraite, Bartleby pût s'en emparer et commencer le travail sans plus attendre.

J'étais assis très exactement dans cette position lorsque je l'appelai, lui expliquant brièvement ce que j'attendais de lui — à savoir qu'il collationnât avec moi un court document. Imaginez ma surprise — non, ma consternation — quand, sans abandonner sa solitude, Bartleby, d'une voix singulièrement douce et ferme, me répondit : « J'aimerais mieux pas. »

Je restai un instant immobile dans le plus profond silence, tentant de reprendre mes esprits stupéfiés. Je pensai aussitôt que mes oreilles m'avaient abusé, ou que Bartleby s'était totalement mépris sur le sens de mes mots. Je réitérai ma demande de la voix la plus claire possible ; mais, tout aussi clairement me parvint la réponse précédente, « J'aimerais mieux pas. »

« J'aimerais mieux pas ! » répétai-je en écho, me levant en proie à une grande excitation et traversant la pièce d'un pas précipité. « Que voulez-vous dire ? Avez-vous la lune dans la tête ? Je voudrais que vous m'aidiez à collationner ce feuillet-ci, tenez, prenez-le », et je le lui tendis.

« J'aimerais mieux pas », dit-il.

Je le regardai fixement. Son visage était tranquille dans sa maigreur ; son œil gris calme et sans éclat. Pas une ombre d'agitation ne le parcourait. Si j'avais pensé voir la moindre gêne, colère, impatience ou impertinence dans sa manière d'être ; en d'autres mots, si j'avais décelé en lui quelque chose d'ordinairement humain, il ne fait aucun doute que je l'aurais renvoyé de mon étude avec violence. Mais en l'occurrence, j'aurais plutôt pensé à mettre à la porte mon buste de Cicéron en plâtre de Paris. Je restai là un moment à le regarder, tandis qu'il continuait ses propres écritures, avant de retourner m'asseoir à mon bureau. Voilà qui est bien étrange, pensai-je. Quel parti prendre ? Mais les affaires pressaient :

je décidai de ne plus y penser pour le moment, je trouverais bien le moyen d'y réfléchir plus tard. Je fis donc
venir Pincettes de l'autre pièce et le document fut rapidement collationné.

Quelques jours plus tard, Bartleby acheva quatre longs
documents, les quadruplicata d'une semaine de déposi-
tions faites devant moi dans ma haute-cour de chancellerie. Il devint nécessaire de les collationner. Le procès
était important et exigeait la plus rigoureuse exactitude.
Après avoir tout organisé, je fis venir Dindon, Pincettes
et Gingembre de la pièce mitoyenne, avec l'intention de
placer les quatre copies dans les mains de mes quatre
clercs tandis que je lirais l'original. En conséquence, Dindon, Pincettes et Gingembre étaient assis en rang, chacun tenant son document en main, lorsque je demandai à
Bartleby de venir se joindre à ce groupe intéressant.

« Bartleby ! vite, j'attends. »

J'entendis le lent grincement des pieds de sa chaise sur
le plancher nu et il ne fut pas long à apparaître à l'entrée
de son ermitage.

« De quoi s'agit-il ? » demanda-t-il avec douceur.

« Les copies, les copies, dis-je en toute hâte. Nous
allons les collationner. Tenez » — et je lui tendis le quatrième duplicata.

« J'aimerais mieux pas », dit-il avant de disparaître
tranquillement derrière le paravent.

Pendant quelques instants je fus transformé en pilier de
sel, debout à la tête de la colonne de mes clercs assis.
Ayant recouvré mes esprits, je m'avançai vers le paravent
et demandai la raison d'une aussi extraordinaire conduite.

« *Pourquoi* refusez-vous ? »

« J'aimerais mieux pas. »

S'il s'était agi de tout autre que lui, je me serais immédiatement laissé aller à une effroyable colère et sans autre explication je l'aurais ignominieusement chassé de ma présence. Mais il y avait quelque chose en Bartleby qui non seulement avait l'étrange pouvoir de me désarmer mais qui, d'une façon merveilleuse, me touchait et me déconcertait. Je me mis à raisonner avec lui.

« Ce sont vos propres copies que nous nous apprêtons à collationner. C'est pour vous une économie de travail, puisqu'une seule collation suffira à vérifier vos quatre documents. C'est l'usage. Chaque copiste est tenu de collationner sa copie. N'est-il pas vrai ? Ne direz-vous rien ? Répondez ! »

« J'aime mieux pas », répondit-il d'une voix flûtée. J'avais l'impression que, tandis que je m'adressais à lui, il réfléchissait longuement à chaque phrase que j'énonçais ; en avait parfaitement compris le sens ; ne pouvait s'empêcher d'en accepter l'irrésistible conclusion ; mais qu'en même temps une considération souveraine le poussait à répondre comme il le faisait.

« Vous êtes décidé, donc, à ne pas obtempérer à ma requête — une requête faite conformément à l'usage et au bon sens ? »

Il me fit comprendre en quelques mots que sur ce point j'avais jugé correctement. Oui : sa décision était irréversible.

Il est assez fréquent que, lorsqu'un homme se trouve rudoyé d'une manière sans précédent et violemment irraisonnable, il a l'impression que ses convictions profondes vacillent. Il commence, pour ainsi dire, à soupçonner vaguement que, aussi étonnant que cela puisse paraître, toute la justice et toute la raison se trouvent dans l'autre camp. En conséquence, si des personnes désintéressées sont présentes, il se tourne vers elles pour redonner force à son opinion vacillante.

« Dindon, dis-je, que pensez-vous de cela ? N'ai-je pas raison ? »

« Avec votre permission, monsieur, dit Dindon d'un ton des plus débonnaires, je pense que si. »

« Et vous, Pincettes, dis-je, qu'en pensez-vous ? »

« Je pense que vous devriez le mettre à la porte de l'étude. »

(Le lecteur, d'une grande sagacité, aura perçu que, vu l'heure matinale, la réponse de Dindon est donnée en termes polis et paisibles, alors que Pincettes répond en termes hargneux. Ou, pour répéter une phrase énoncée précédemment, la mauvaise humeur de Pincettes était de garde, et celle de Dindon au repos.)

« Et vous, Gingembre, dis-je, désireux de me rallier les moindres suffrages, qu'en pensez-vous ? »

« Je pense, monsieur, qu'il est un peu *dingue* », répondit Gingembre avec un sourire.

« Vous entendez ce qu'ils disent, dis-je en me tournant vers le paravent, sortez de là et venez faire votre devoir. »

Mais il ne daigna pas répondre. Je réfléchis un moment, pris d'une cruelle perplexité. Mais une fois de plus les affaires pressaient. Je décidai encore de remettre à plus tard l'analyse de ce dilemme. Avec quelques difficultés, nous parvînmes à collationner les documents sans l'aide de Bartleby, bien que, toutes les deux ou trois pages, Dindon annonçât avec déférence qu'il pensait que cette façon de faire était tout à fait inusitée ; tandis que Pincettes, qui se tordait sur sa chaise avec une nervosité dyspeptique, laissait de temps en temps échapper d'entre ses dents serrées des malédictions contre la tête de mule de l'autre côté du paravent. Et quant à lui (Pincettes), c'était bien la première et la dernière fois qu'il faisait le travail de quelqu'un d'autre sans être payé.

Cependant, Bartleby était assis dans son ermitage, oublieux de tout hormis la tâche qu'il accomplissait.

Quelques jours passèrent, au cours desquels le scribe fut occupé par un autre travail de longue haleine. Sa conduite extraordinaire des jours précédents m'amena à examiner attentivement son comportement. Je remarquai qu'il n'allait jamais déjeuner ; d'ailleurs, il n'allait jamais nulle part. Jusqu'à présent, à ma connaissance, je ne l'avais jamais vu hors de mon étude. Il était une perpétuelle sentinelle dans son coin. Je m'aperçus toutefois que, vers onze heures du matin, Gingembre s'approchait de l'ouverture du paravent de Bartleby, comme s'il y avait été silencieusement convié par un geste qui m'était invisible de l'endroit où j'étais assis. Le garçon quittait alors le bureau en faisant tinter quelques pence, pour réapparaître avec une poignée de gâteaux au gingembre, qu'il livrait à l'ermitage, sa peine rétribuée par deux des gâteaux.

Il se nourrit donc de gâteaux au gingembre, me dis-je ; ne déjeune jamais, à proprement parler ; il doit être végé-

tarien, alors ; mais non ; il ne mange même pas de
légumes, il ne mange que des gâteaux au gingembre. Je
me laissai alors aller à des rêveries au sujet des effets
probables, sur la constitution humaine, d'une diète com-
posée uniquement de gâteaux au gingembre. Les gâteaux
au gingembre sont nommés ainsi parce que le gingembre
est un de leurs ingrédients, et qu'il leur donne cette
saveur toute particulière. Et qu'était-ce donc que le gingembre ? Une chose fortement épicée. Bartleby était-il
fortement épicé ? Absolument pas. Le gingembre n'avait
donc aucun effet sur Bartleby. Il aimait sans doute mieux
qu'il n'en eût point.

Rien n'exaspère autant une personne sérieuse que la
résistance passive. S'il se trouve que l'individu à qui l'on
résiste de la sorte possède un tempérament un tant soit
peu humain et que la personne qui résiste soit parfaitement inoffensive dans sa passivité, alors, lorsque le premier est de bonne humeur, il tentera d'interpréter avec
charité par l'imagination ce que son jugement est incapable de résoudre. C'est ainsi que, le plus souvent, je
considérais Bartleby et son comportement. Pauvre garçon ! pensais-je, ses intentions ne sont pas mauvaises ; il
est évident qu'il n'a pas l'intention d'être insolent ; son
aspect prouve assez que ses excentricités sont involon-
taires. Il m'est utile. Je peux m'entendre avec lui. Si je
me débarrasse de lui, il a de grandes chances de tomber
sur un employeur bien moins indulgent, qui le traitera
avec rudesse et qui l'obligera sans doute à partir et à
mourir de faim. Oui. J'ai ici l'occasion de jouir de ma
propre estime à peu de frais. Venir en aide à Bartleby ;

me soumettre aux exigences de son obstination, ne me coûtera rien, ou pas grand-chose, et du même coup mon âme recélera une délicieuse friandise dont pourra se repaître ma conscience. Mais je n'étais pas toujours d'une humeur aussi égale. Il m'arrivait d'être irrité par la passivité de Bartleby. Je me sentais étrangement poussé à m'opposer une nouvelle fois à lui — afin de provoquer chez lui une étincelle de colère qui répondrait à la mienne. Mais, évidemment, j'aurais tout aussi bien pu essayer de faire du feu en frappant du poing sur un morceau de savon de Windsor. Pourtant, un après-midi l'impulsion maligne prit le dessus en moi et il en résulta la petite scène suivante :

« Bartleby, lui dis-je, quand vous aurez copié ces documents, je les collationnerai avec vous. »

« J'aimerais mieux pas. »

« Comment ? Vous n'allez tout de même pas continuer à vous entêter dans votre lubie ? »

Pas de réponse.

J'ouvris tout grand les battants de la porte, juste à côté et, me tournant vers Dindon et Pincettes, m'exclamai :

« Pour la deuxième fois Bartleby déclare qu'il ne veut pas collationner ses documents. Qu'en pensez-vous, Dindon ? »

C'était l'après-midi, notez-le bien. Dindon flamboyait comme une chaudière en cuivre ; sa tête chauve fumait ; ses mains tournoyaient parmi ses papiers tachés.

« Ce que j'en pense ? rugit Dindon. Je crois bien que je vais simplement passer derrière le paravent et lui faire un œil au beurre noir ! »

En disant cela, Dindon se leva de sa chaise et mit ses bras en position de pugilat. Il s'apprêtait à confirmer sa promesse quand je l'en empêchai, effrayé d'avoir aussi inconsidérément éveillé l'esprit combatif de Dindon après le déjeuner.

« Asseyez-vous, Dindon, lui dis-je, et écoutez ce que Pincettes en dit. Qu'en pensez-vous, Pincettes ? Ne serais-je pas en droit de renvoyer Bartleby sur le champ ? »

« Excusez-moi, mais c'est à vous de décider, monsieur. Je pense que sa conduite est plutôt inhabituelle et, surtout, injuste en ce qui nous concerne, Dindon et moi. Mais il ne s'agit peut-être que d'une lubie passagère. »

« Ah, m'exclamai-je, vous avez donc singulièrement changé d'attitude — vous parlez de lui aujourd'hui avec beaucoup de douceur. »

« C'est la bière, cria Dindon ; la douceur est l'effet de la bière — aujourd'hui Pincettes et moi avons déjeuné ensemble. Vous voyez comme je suis doux, monsieur. Voulez-vous que je lui fasse un œil au beurre noir ? »

« Vous faites référence à Bartleby, je suppose. Non, pas aujourd'hui, Dindon, répondis-je ; veuillez desserrer vos poings. »

Je fermai la porte et m'approchai une fois de plus de Bartleby. Je me sentais poussé vers mon destin par d'autres raisons encore. Je brûlais de le voir une fois de plus se rebeller contre moi. Je me souvins que Bartleby ne quittait jamais l'étude.

« Bartleby, dis-je, Gingembre est sorti ; faites un saut jusqu'à la poste, voulez-vous, (elle n'était qu'à trois minutes de marche) et allez voir s'il y a quelque chose pour moi. »

« J'aimerais mieux pas. »

« Vous ne *voulez* pas. »

« J'*aime* mieux pas. »

Je regagnai mon bureau en chancelant et m'y assis, plongé dans la méditation. Mon aveugle détermination revint. Que pourrais-je bien faire afin de me retrouver de nouveau rejeté avec ignominie par ce maigre miséreux sans le sou ? — mon employé à gages ? Quelle est cette chose, cette chose tout à fait raisonnable, qu'il refusera certainement de faire ?

« Bartleby ! »

Pas de réponse.

« Bartleby », d'une voix plus forte.

Pas de réponse.

« Bartleby » tonnai-je.

Tel un véritable fantôme obéissant aux lois d'une invocation magique, à la troisième sommation, il apparut à l'entrée de son ermitage.

« Allez dans l'autre pièce et demandez à Pincettes de venir me voir. »

« J'aime mieux pas », dit-il lentement et avec respect avant de disparaître paisiblement.

« Très bien, Bartleby », dis-je d'un ton plutôt calme où l'on sentait un sang-froid d'une sévérité sereine dans laquelle perçait la résolution inébranlable qu'un châtiment terrible n'allait pas tarder. Sur le moment, c'était ce que j'avais plus ou moins l'intention de faire. Mais à tout prendre, comme l'heure de mon déjeuner approchait, je décidai qu'il valait mieux mettre mon chapeau et rentrer chez moi, plongé dans une affliction et une perplexité des plus profondes.

Faut-il l'avouer ? La conclusion de toute cette affaire fut que la présence du pupitre d'un jeune scribe au teint pâle, répondant au nom de Bartleby, était vite devenue un fait avéré dans mon étude ; que ce scribe copiait pour moi au taux habituel de quatre *cents* le folio (cent mots) ; mais qu'il était exempté en permanence de collationner le travail qu'il avait fait, cette tâche ayant été transférée à Dindon et à Pincettes, sans doute en manière de compliment pour leur plus grande acuité ; en outre, le dénommé Bartleby ne devait jamais, sous aucun prétexte, être envoyé en course, même la plus insignifiante des courses ; et que, s'il se trouvait qu'on le suppliât d'accepter de le faire, il était généralement entendu qu'il « aimerait mieux pas » — en d'autres termes, qu'il refuserait de but en blanc.

À mesure que les jours passaient, je finis par me réconcilier plus ou moins avec la présence de Bartleby. Son assiduité, l'absence chez lui de toute dissipation, son zèle incessant (excepté quand il avait décidé de se laisser aller à la rêverie, debout derrière son paravent), sa grande tranquillité, l'inaltérabilité de son comportement en toutes circonstances, faisaient de lui une recrue des plus précieuses. Mais l'élément essentiel était le suivant — *il était toujours là* — le premier le matin, en permanence pendant la journée, et le dernier le soir. J'avais une extraordinaire confiance en son honnêteté. Je sentais que mes documents les plus précieux étaient en parfaite sécurité

entre ses mains. Il m'arrivait naturellement de ne pouvoir
m'empêcher, même s'il s'était agi de sauver mon âme, de
me laisser aller sans le vouloir à des accès de colère à son
encontre. Car il était extrêmement difficile de toujours
devoir se rappeler toutes ces étranges particularités, tous
ces privilèges et toutes ces exemptions inouïes qui for-
maient les conditions tacites de l'emploi de Bartleby dans
mon étude. De temps en temps, des affaires pressées
devant être expédiées en toute hâte, j'appelais Bartleby
par inadvertance, d'un ton bref et rapide, pour lui
demander de poser le doigt, disons, sur le premier nœud
d'un morceau de ruban rouge avec lequel je m'apprêtais à
ficeler quelques documents. Il va sans dire que, de derrière le paravent, me venait la réponse habituelle, « J'aime
mieux pas » ; et alors, comment était-il possible à une
créature humaine, présentant toutes les infirmités de
notre nature, de s'abstenir d'objecter à la vue d'une telle
perversité — si peu raisonnable ? Toutefois, chaque nouvelle rebuffade de ce genre que j'avais à subir avait tendance à réduire la probabilité de me voir répéter cet oubli.

Il convient de dire ici que, selon l'usage chez la plupart
des hommes de loi dont les bureaux sont situés dans des
immeubles qui abritent une quantité d'autres études, il
existait plusieurs clés pour ma porte. L'une d'elles était
en possession d'une femme qui vivait dans les combles,
personne qui avait la charge, une fois par semaine, de
laver les sols, et tous les jours de balayer et d'épousseter
mes locaux. Une autre était celle de Dindon, pour des
raisons de commodité. La troisième était parfois dans ma
poche. Je ne savais pas qui détenait la quatrième.

Or, un certain dimanche matin, comme je me rendais à Trinity Church pour entendre un prédicateur de renom et que je me trouvais dans le quartier un peu en avance, je décidai d'aller passer un moment dans mes bureaux. Par bonheur, j'avais ma clé ; mais lorsque je l'appliquai à la serrure, je sentis qu'un objet inséré de l'intérieur faisait obstacle. Assez surpris, j'appelai ; et quelle ne fut pas ma consternation quand une clé fut tournée du dedans ; et quand je vis apparaître, poussant son visage maigre vers moi tout en maintenant la porte entrebâillée, une apparition : Bartleby, en bras de chemise et bizarrement accoutré d'une robe de chambre en loques, qui m'annonça d'une voix calme qu'il était désolé, mais qu'il était très occupé à l'instant, et — aimerait mieux ne pas me laisser entrer pour le moment. En quelques mots brefs, il ajouta cependant qu'il serait préférable que je fisse une ou deux fois le tour du pâté de maisons, et qu'il aurait alors certainement terminé ses affaires.

Or, l'apparition tout à fait inattendue de Bartleby, occupant mon étude un dimanche matin avec sa nonchalance cadavérique et distinguée, avec en outre toute sa fermeté et tout son sang-froid, eut un tel effet sur moi que je m'éloignai sur-le-champ et furtivement de ma propre porte, pour faire ce qui m'était demandé. J'étais cependant secoué par quelques sursauts de rébellion impuissante devant la douce effronterie de ce scribe incompréhensible. D'ailleurs, c'était surtout cette extraordinaire douceur qui non seulement me désarmait, mais aussi pour ainsi dire m'émasculait. Car je considère qu'une personne est temporairement plus ou moins émasculée lorsqu'elle permet tranquillement à son employé à gages de lui dicter ses conditions et de lui ordonner de s'éloigner de ses propres locaux. De surcroît, j'étais fort inquiet des raisons pour lesquelles Bartleby pouvait bien se trouver dans mon étude en bras de chemise, et dans un appareil aussi débraillé un dimanche matin. Se passait-il quelque chose d'inconvenant ? Non, cela était hors de question. On ne pouvait pas penser une seconde que Bartleby était une personne immorale. Mais que pouvait-il donc bien faire là ? — copiait-il ? Encore non, malgré toutes ses excentricités, Bartleby était quelqu'un de tout à fait convenable. Il serait le dernier à s'asseoir à son pupitre dans un état proche de la nudité. De plus, c'était dimanche ; et il y avait quelque chose chez Bartleby qui interdisait qu'on pût le supposer capable de violer les convenances de ce jour par une occupation profane.

Néanmoins, je n'étais pas tranquillisé ; et plein d'une curiosité inquiète, je me retrouvai enfin devant ma porte. J'introduisis ma clé sans trouver de résistance, ouvris et entrai. Bartleby avait disparu. Je regardai anxieusement autour de moi, jetai un coup d'œil derrière son paravent ; mais, de toute évidence, il était parti. Après avoir examiné les lieux avec plus de minutie, je conjecturai que, pendant une période indéfinie, Bartleby avait dû manger, s'habiller et dormir dans mon étude et, qui plus est, sans assiette, miroir ou lit. Le rembourrage d'un vieux canapé branlant, dans un coin, portait encore la marque légère d'un corps mince et étendu. Dissimulée sous son bureau, je trouvai une couverture roulée ; sous la grille vide de l'âtre, une boîte de cirage et une brosse ; sur une chaise, une cuvette en fer blanc, du savon et une serviette en loques ; dans du papier journal, quelques miettes de gâteau au gingembre et un morceau de fromage. Oui, pensai-je, il est manifeste que Bartleby s'est installé ici, qu'il a établi ici ses quartiers de célibataire solitaire. Je fus immédiatement envahi par une pensée : quel misérable abandon, quelle terrible solitude sont ici révélés ! Sa pauvreté est grande ; mais sa solitude, combien horrible ! Qu'on y songe. Le dimanche, Wall Street est aussi désert que Petra ; et chaque nuit qui suit le jour le quartier est vide. Cet immeuble aussi, qui pendant la semaine bourdonne d'activité et de vie, n'éveille la nuit que les échos de la vacuité, et la désolation y règne le dimanche. Et c'est ici que Bartleby a fait son logis ; seul spectateur d'une solitude qu'il a vue toute peuplée — une sorte de Marius innocent et transformé broyant du noir sur les ruines de Carthage !

Pour la première fois de ma vie je fus saisi d'un sentiment accablant et cuisant de mélancolie. Je n'avais encore jusqu'alors ressenti qu'une tristesse non dénuée de charme. Le lien d'une commune humanité me jeta à présent irrésistiblement dans la consternation. Mélancolie fraternelle ! Car Bartleby et moi étions tous les deux des fils d'Adam. Je me remémorai les soies éclatantes et les visages étincelants que j'avais vus ce jour-là, en tenue de gala, flotter comme des cygnes sur le Mississipi de Broadway ; je les comparai au copiste blafard et pensai à part moi : Ah, le bonheur cherche la lumière, de sorte que nous estimons que le monde est gai ; mais la misère se cache dans un coin, de sorte que nous estimons que la misère n'existe pas. Ces tristes rêveries — chimères, sans doute, d'un cerveau malade et niais — suscitèrent d'autres pensées, plus spécifiques, au sujet des excentricités de Bartleby. Le pressentiment d'étranges découvertes flottait autour de moi. La forme pâle du scribe m'apparut, étendue, au milieu d'étrangers indifférents, dans son linceul glacial.

Je fus tout à coup attiré par le pupitre fermé de Bartleby, la clé était restée bien visible dans la serrure.

Je n'ai pas de mauvaises intentions, ne cherche aucunement à satisfaire une curiosité cruelle, pensai-je ; de toute façon, ce pupitre m'appartient, de même que son contenu, et je vais donc prendre la liberté de regarder à l'intérieur. Tout y était disposé avec méthode, le papier rangé avec soin. Les casiers étaient profonds et, après en avoir retiré des liasses de documents, je tâtonnai dans les profondeurs. Je finis par sentir quelque chose et le tirai dehors. C'était un vieux foulard, lourd et noué. Je l'ouvris et me trouvai devant une caisse d'épargne.

Je me souvins alors de tous les mystères tranquilles que j'avais remarqués chez cet homme. Je me souvins qu'il ne parlait que pour répondre aux questions qu'on lui posait ; que, bien que par moments il eût beaucoup de temps libre à sa disposition, je ne l'avais pourtant jamais vu lire — non, pas même un journal ; que pendant de longs moments il se tenait debout à sa pâle fenêtre, derrière le paravent, et regardait le mur de briques aveugle ; j'étais persuadé que jamais il ne se rendait dans un réfectoire ou dans un restaurant ; tandis que son visage blafard indiquait clairement qu'il ne buvait jamais de bière comme le faisait Dindon, ni même de thé ou de café comme les autres hommes; qu'à ma connaissance il n'allait jamais nulle part en particulier; ne sortait jamais se promener, à moins, il est vrai, que ce ne fût le cas en ce moment; qu'il avait refusé de dire qui il était, ou d'où il venait, ou s'il avait de la famille quelque part dans le monde; que, bien qu'il fût tellement mince et pâle, il ne se plaignait jamais d'être malade. Et plus encore, je me rappelai une certaine expression inconsciente de blafarde — comment dirais-je — de blafarde hauteur, disons, ou plutôt d'une austère réserve chez lui, qui m'avait résolument intimé d'accepter ses excentricités avec docilité, lorsque j'avais craint de lui demander de faire la moindre vétille pour moi, même quand je savais, du fait de son immobilité prolongée, que derrière son paravent il devait être perdu dans une de ses rêveries de mur aveugle.

Alors que je réfléchissais à toutes ces choses, en les associant à ma découverte récente, à savoir qu'il avait fait de mon bureau sa constante résidence et son logis permanent, sans oublier son humeur morose et morbide; alors que je réfléchissais à toutes ces choses, je me sentis envahi par des considérations de prudence. Mes premières émotions relevaient de la plus pure mélancolie et de la pitié la plus sincère; mais tout comme la solitude de Bartleby finissait par grandir dans mon imagination, de la même façon cette même mélancolie se transformait en peur, cette pitié en répulsion. Tant il est vrai et terrible à la fois que jusqu'à un certain point l'idée ou la vue de la misère met en jeu nos meilleurs sentiments; mais, dans certains cas particuliers, au-delà de ce point elle ne le fait pas. Ils se trompent ceux qui voudraient affirmer que l'égoïsme inné du cœur humain en est invariablement responsable. Cela procède plutôt d'une certaine désespérance de jamais pouvoir remédier à un mal excessif et organique. Pour un être sensible, la pitié est souvent une souffrance. Et lorsqu'il a fini par comprendre qu'une telle pitié est incapable de produire une aide efficace, le sens commun ordonne à l'âme de s'en débarrasser. Ce que je venais de voir ce matin-là me persuada que le scribe était la victime d'un désordre inné et incurable. Je pouvais faire l'aumône à son corps ; mais son corps ne le faisait pas souffrir ; c'était son âme qui souffrait, et son âme m'était hors d'atteinte.

Je ne parvins pas à accomplir mon dessein d'aller à Trinity Church ce matin-là. Ce que j'avais vu me mettait en quelque sorte dans l'incapacité d'entrer dans une église pour le moment. Je marchai jusque chez moi en réfléchissant à ce que j'allais faire de Bartleby. Finalement, je pris la décision suivante — je lui poserai quelques calmes questions le lendemain matin, au sujet de son histoire, etc., et s'il refusait d'y répondre ouvertement et sans réserve (et je supposais qu'il aimerait mieux pas), je lui donnerais alors un billet de vingt dollars en plus de ce que je pouvais lui devoir et lui dirais que je n'avais plus besoin de ses services ; mais que si, d'une autre façon, je pouvais lui porter assistance, je serais heureux de l'aider ; plus particulièrement, s'il désirait retourner à son lieu de naissance, quel qu'il fût, je serais tout à fait prêt à l'aider financièrement. En outre, si, une fois rentré chez lui, il lui arrivait d'avoir besoin d'assistance, une lettre de lui ne resterait pas sans réponse.

Le lendemain matin arriva.

« Bartleby », dis-je, l'appelant avec douceur à travers son paravent.

Pas de réponse.

« Bartleby, dis-je d'un ton encore plus doux, venez ici ; je ne vais pas vous demander de faire quoi que ce soit que vous aimeriez mieux ne pas faire — je voudrais simplement vous parler. »

Sur ce il apparut sans aucun bruit.

« Me direz-vous, Bartleby, où vous êtes né ? »

« J'aimerais mieux pas. »

« Me direz-vous *quoi que ce soit* à votre sujet ? »

« J'aimerais mieux pas. »

« Mais quelle objection raisonnable vous interdit de me parler ? Je me sens plein d'amitié pour vous. »

Tandis que je m'adressais à lui, il ne me regardait pas mais avait le regard fixé sur le buste de Cicéron, qui, tel que j'étais alors assis, se trouvait juste derrière moi, à environ six pouces au-dessus de ma tête.

« Quelle est votre réponse, Bartleby », dis-je après avoir attendu un temps considérable, pendant lequel sa physionomie était restée impassible, à l'exception d'un frémissement à peine perceptible de sa bouche mince et blanche.

« Pour le moment j'aime mieux ne pas donner de réponse », dit-il, et il se retira dans son ermitage.

Ce fut, de ma part, un signe de faiblesse, je l'admets, mais son comportement, à cette occasion, m'irrita. Non

seulement je pensai y déceler un certain dédain tranquille, mais sa perversité m'apparaissait comme une
ingratitude, compte tenu de la bienveillance et de l'indul-
gence que je lui avais indéniablement manifestées.

De nouveau je restai à ruminer ce que je devais faire.
Mortifié comme je l'étais par son comportement et étant
donné ma résolution du matin de le renvoyer aussitôt
franchie la porte de mon bureau, je sentais néanmoins
qu'une sorte de superstition voulait entrer dans mon
cœur et m'interdire de mettre mon dessein en œuvre,
prête à me dénoncer comme scélérat si j'osais exprimer la
moindre amertume au plus solitaire des humains. Finalement, transportant ma chaise avec familiarité derrière
son paravent, je m'assis et lui dis : « Bartleby, n'en par-
lons plus, il n'est pas nécessaire que vous révéliez votre
histoire ; mais laissez-moi vous implorer, en tant qu'ami,
de vous conformer autant que possible aux usages de
cette étude. Dites-moi, maintenant, que vous aiderez à
collationner les documents demain ou le jour suivant :
bref, dites maintenant que dans un jour ou deux vous
commencerez à vous montrer un peu plus raisonnable :
— dites-le, Bartleby. »

« Pour le moment j'aimerais mieux ne pas me montrer
un peu plus raisonnable », fut sa douce et cadavérique
réponse.

À ce moment précis, les portes battantes s'ouvrirent et
Pincettes s'approcha. Il paraissait souffrir d'une nuit
d'insomnie particulièrement mauvaise, provoquée par
une indigestion plus sérieuse que d'habitude. Il entendit
les derniers mots prononcés par Bartleby.

« *Aimeriez mieux pas*, hein ? grinça Pincettes — moi, j'*aimerais* bien, à votre place, monsieur, — en s'adressant à moi — j'aimerais bien ; je lui en donnerais, des amabilités, à cette tête de mule ! Qu'est-ce donc, monsieur, qu'il *aimerait* mieux ne pas faire pour le moment ? »

Pas un muscle de Bartleby ne bougea.

« M. Pincettes, dis-je, j'aimerais mieux que vous vous retiriez pour le moment. »

Depuis quelque temps, je m'étais mis à utiliser involontairement le mot « aimer » en toutes sortes de circonstances dans lesquelles il était peu approprié. Et je tremblai en pensant que ma fréquentation du scribe avait déjà eu un effet sur mon état mental. Et quelle autre aberration plus profonde encore n'allait-elle pas produire ? Cette appréhension avait déjà été singulièrement efficace pour renforcer ma détermination à prendre des mesures sommaires.

Comme Pincettes s'en allait, l'air morose et maussade, Dindon s'approcha avec affabilité et déférence.

« Avec votre permission, monsieur, dit-il, je réfléchissais hier à notre Bartleby et je pense que si seulement il aimait boire un litre de bonne ale tous les jours, cela l'aiderait beaucoup à s'améliorer et lui permettrait de nous assister lors de la collation des documents. »

« Vous avez donc, vous aussi, attrapé ce mot », dis-je, en proie à une légère excitation.

« Avec votre permission, monsieur », demanda Dindon en venant s'immiscer respectueusement dans l'espace exigu derrière le paravent et, ce faisant, il m'obligea à bousculer le scribe. « Quel mot, monsieur ? »

« J'aimerais mieux qu'on me laisse seul ici », dit Bartleby, comme s'il était offensé qu'on fût venu le harceler
dans son intimité.

« *Voilà* le mot, Dindon, dis-je — le *voilà*. »

« Oh, *aimer*? Oh oui — drôle de mot. Je ne l'emploie
jamais moi-même. Mais, monsieur, comme je le disais, si
seulement il aimait— »

« Dindon, l'interrompis-je, ayez l'obligeance de vous
retirer. »

« Oh, mais certainement, monsieur, si vous aimez
mieux que je m'en aille. »

Au moment où il ouvrait les portes battantes pour se
retirer, Pincettes, assis à son bureau, m'aperçut et me
demanda si j'aimerais mieux qu'un certain document fût
copié sur du papier bleu ou blanc. Il n'avait pas mis la
moindre pointe d'espièglerie dans la prononciation du
mot « aimer ». Il ne faisait aucun doute que ce mot avait
tout naturellement glissé de sa langue. Je pensai à part
moi qu'il me fallait absolument me débarrasser d'un
dément qui nous avait déjà dans une certaine mesure
tourné la langue, sinon la tête, à moi et à mes clercs.
Mais je jugeai plus prudent de ne pas lui annoncer son
renvoi sur-le-champ.

Je m'aperçus le lendemain que Bartleby, sans rien faire
d'autre, restait debout à sa fenêtre dans sa rêverie de
mur aveugle. Lorsque je lui demandai pourquoi il n'écrivait pas, il me dit qu'il avait décidé de ne plus faire
d'écritures.

« Pourquoi cela ? et quoi encore, m'exclamai-je, plus
d'écritures ? »

« Plus d'écritures. »

« Pour quelle raison ? »

« N'en voyez-vous pas la raison par vous-même ? » répondit-il avec indifférence.

Je le regardai avec attention et m'aperçus que ses yeux avaient un aspect terne et vitreux. Je m'avisai immédiatement que sa remarquable application à copier devant son obscure fenêtre pendant les premières semaines de son emploi chez moi avait peut-être temporairement affecté sa vue.

Je fus touché. Je lui dis que j'étais désolé. Je lui fis comprendre qu'il était plus sage en effet de s'abstenir d'écrire pendant quelque temps ; et je le pressai de profiter de l'occasion pour aller prendre un peu d'exercice en plein air. Ce dont, cependant, il se garda bien. Quelques jours plus tard, mes autres clercs étant absents, et comme j'étais fort pressé de mettre certaines lettres au courrier, je pensai que, n'ayant rien d'autre à faire au monde, Bartleby serait sans doute moins inflexible que de coutume et accepterait de porter ces lettres à la poste. Mais il refusa carrément. Alors, ce qui était fort fâcheux, je dus y aller moi-même.

D'autres jours passèrent encore. J'aurais été incapable de dire si les yeux de Bartleby allaient mieux. Apparemment, il me semblait que oui. Mais, lorsque je lui demandai ce qu'il en était, il ne daigna pas me répondre. Quoi qu'il en fût, il ne voulait pas copier. Finalement, en réponse à mes sollicitations, il m'informa qu'il avait définitivement renoncé à copier.

« Quoi ! m'exclamai-je ; et supposez que vos yeux

aillent tout à fait bien — mieux que jamais — n'accepte-riez-vous pas alors de copier ? »

« J'ai renoncé à copier », me répondit-il, et il se retira.

Il restait, comme auparavant, immuable dans mon étude. Non — si la chose était possible — il était encore plus immuable que par le passé. Que fallait-il faire ? Il ne voulait plus travailler ; pour quelle raison devait-il res-ter ? À vrai dire, il était devenu un boulet à mon cou, un collier sans la moindre utilité et d'un port pénible. J'étais néanmoins désolé pour lui. Je reste en deçà de la vérité en disant qu'il m'inspirait de l'inquiétude pour son propre compte. Si seulement il avait mentionné une per-sonne, parent ou ami, j'aurais immédiatement écrit pour demander qu'on emmenât le pauvre garçon afin de lui trouver une retraite appropriée. Mais il paraissait seul, tout à fait seul dans l'univers. Un morceau d'épave au milieu de l'Atlantique. Enfin les nécessités tyranniques de mes affaires écartèrent toute autre considération. Avec une grande délicatesse, j'annonçai à Bartleby qu'il devait impérativement quitter l'étude dans les six jours. Je l'avertis de prendre ses dispositions, dans l'intervalle, pour se trouver un autre logis. Je proposai de l'assister dans ses recherches s'il faisait lui-même le premier pas pour partir. « Et quand vous me quitterez définitivement, Bartleby, ajoutai-je, je m'assurerai que vous ne partez pas tout à fait sans ressources. Six jours à dater de cette heure, ne l'oubliez pas. »

À l'expiration de cette période, je jetai un coup d'œil derrière le paravent, et surprise ! Bartleby était là !

Je boutonnai ma redingote, me redressai ; m'avançai

vers lui et lui touchai l'épaule en disant : « Le moment est venu ; vous devez quitter cet endroit ; j'en suis désolé pour vous ; voici de l'argent ; mais vous devez partir. »

« J'aimerais mieux pas », répondit-il sans cesser de me tourner le dos.

« Il le *faut*. »

Il garda le silence.

Or, j'avais une confiance sans bornes dans l'honnêteté de cet homme. Il m'avait fréquemment rendu des pièces de six pence et d'un shilling que j'avais étourdiment laissées tomber par terre, car ces histoires de boutons de culotte m'intéressent assez peu. La transaction qui suivit ne paraîtra donc pas vraiment extraordinaire.

« Bartleby, dis-je, je vous dois douze dollars sur votre salaire ; en voici trente-deux ; les vingt dollars supplémentaires sont à vous — les accepterez-vous ? » et je lui tendis les billets.

Mais il ne fit pas le moindre geste.

« Je vais donc les laisser là », et je les glissai sous un presse-papiers sur la table. Alors, prenant mon chapeau et ma canne, je m'avançai vers la porte et me retournai calmement en ajoutant — « Quand vous aurez enlevé vos affaires de ces bureaux, Bartleby, je vous demande de bien verrouiller la porte — car, à part vous, tout le monde est parti — et veuillez aussi glisser votre clé sous le paillasson, afin que je l'y trouve demain matin. Je ne vous reverrai plus ; adieu donc. Si, à l'avenir, dans la nouvelle demeure que vous aurez trouvée, je peux vous être utile, n'hésitez pas à m'en avertir par courrier. Adieu, Bartleby, et portez-vous bien. »

Mais il ne répondit pas un mot ; tel l'ultime colonne de quelque temple en ruines, il se tenait là, muet et solitaire au milieu de la pièce déserte.

Comme, l'humeur pensive, je regagnais mon logis, la vanité l'emporta sur la pitié. Je ne pouvais m'empêcher de me féliciter résolument de la manière magistrale avec laquelle je m'étais débarrassé de Bartleby. Je dis bien magistrale : et tout observateur impartial en conviendra. La beauté de ma méthode semblait provenir de sa parfaite sérénité. Pas de brutalité vulgaire, pas de bravade d'aucune sorte, pas de sermon coléreux, ni de grandes enjambées d'un bout à l'autre du bureau en enjoignant avec véhémence Bartleby de débarrasser le plancher, lui et ses misérables hardes. Rien de ce genre. Loin d'élever la voix pour lui demander de partir — comme aurait pu le faire un génie inférieur — j'avais *présumé* qu'il était établi qu'il partirait ; et sur cette présomption j'avais édifié tout ce que j'avais à dire. Plus je réfléchissais à ma méthode, plus elle m'enchantait. Toutefois, le lendemain matin, en m'éveillant, j'eus des doutes — au cours de mon sommeil la vapeur de la vanité s'était dissipée. Le plus lucide et le plus calme des moments dont dispose un homme est celui qui succède immédiatement à l'éveil. Ma méthode me semblait toujours aussi avisée — mais en théorie seulement. À l'épreuve de la pratique — j'étais moins certain de son succès. La présomption selon laquelle Bartleby devait partir était réellement fondée sur un raisonnement magnifique ; mais, en fin de compte, cette présomption n'était que la mienne, et non celle de Bartleby. La grande question n'était pas de savoir si

j'avais présumé correctement son départ, mais s'il aimerait s'en aller. Il était plus homme de velléités que de présomptions.

Après le petit déjeuner, je me dirigeai vers le centre
ville, débattant en moi-même les probabilités du *pro* et
du *contra*. Tantôt je pensais que l'affaire allait être un
terrible insuccès et que Bartleby serait comme d'habitude, bien vivant, dans mon étude ; tantôt je paraissais
certain que je trouverais sa chaise vide. Et je passais d'un
pressentiment à l'autre. Au coin de Broadway et de
Canal Street, je vis un groupe de gens passablement exci-
tés engagés dans une discussion animée.

« Je parie qu'il ne le fera pas », fit une voix au moment
où je passais.

« Qu'il ne partira pas ? — Pari tenu ! dis-je. Sortez
votre mise. »

Et je mis instinctivement la main à la poche pour sortir la mienne, quand je me souvins que c'était un jour
d'élections. Les mots que j'avais entendus ne faisaient
aucunement référence à Bartleby, mais au succès ou à
l'insuccès de quelque candidat à la mairie. J'avais l'esprit
si préoccupé que j'avais cru, pour ainsi dire, que tout
Broadway partageait mon agitation, et qu'on y débattait
du problème qui m'occupait. Je poursuivis mon chemin,
très content que le vacarme de la rue eût couvert mon
étourderie passagère.

Comme j'en avais eu l'intention, j'étais devant la porte
de mon étude plus tôt que de coutume. Je restai un instant à écouter. Tout était tranquille. Il avait dû s'en aller.
J'essayai la poignée. La porte était verrouillée. Oui, ma

méthode avait été couronnée de succès ; il avait réellement disparu. Pourtant je ressentais aussi une certaine
mélancolie : j'étais presque désolé de mon brillant succès. Alors que je fouillais sous le paillasson pour trouver
la clé que Bartleby était supposé y avoir laissée, mon
genou heurta accidentellement un panneau, et produisit
le bruit d'une sommation ; en réponse, une voix se fit
entendre de l'intérieur — « Pas maintenant ; je suis
occupé. »

C'était Bartleby.

Je fus foudroyé. Je demeurai un instant immobile
comme cet homme qui naguère, en Virginie, fut tué par
un éclair de chaleur, alors qu'accoudé à sa fenêtre il
fumait sa pipe par un après-midi sans nuages et qui resta
là sans bouger dans la langueur de l'après-midi jusqu'à
ce que quelqu'un vînt le toucher et qu'il tombât.

« Pas parti » murmurai-je enfin. Mais, obéissant une
fois de plus au remarquable ascendant que le scribe
impénétrable exerçait sur moi, ascendant auquel, en
dépit de mon irritation, je ne pouvais complètement me
soustraire, je descendis lentement l'escalier, sortis dans
la rue et, tout en faisant le tour du pâté de maisons, je
me demandai ce qu'il me restait à faire devant cette perplexité inouïe. Jamais je ne pourrais jeter cet homme
dehors de mes propres mains ; l'obliger à partir en le trai-
tant de tous les noms, je ne le pouvais pas non plus ; faire
venir la police était une idée fort déplaisante ; et pourtant, lui permettre de savourer son cadavérique triomphe
sur moi — était tout aussi impensable. Que faire ? ou
alors, s'il n'y avait rien à faire, que pouvais-je *présumer*

dans cette affaire ? Oui, comme précédemment, j'avais présumé, par anticipation, que Bartleby partirait, je pouvais maintenant rétrospectivement présumer qu'il était bien parti. Il était tout à fait légitime, en fonction de cette présomption, d'entrer précipitamment dans mon bureau et, prétendant ne pas voir Bartleby, de m'avancer jusqu'à le heurter comme s'il n'y avait là que de l'air. Un telle méthode aurait toute l'apparence d'un coup bien porté. Il était peu vraisemblable que Bartleby fût capable de résister à une telle application de la doctrine des présomptions. Mais, à la réflexion, le succès de ce plan me paraissait plutôt douteux. Je résolus de débattre de l'affaire avec lui une fois de plus.

« Bartleby, dis-je en entrant dans mon bureau avec une expression de calme sévérité, je suis gravement mécontent. Je suis peiné, Bartleby. Je m'étais fait une meilleure idée de vous. Je m'étais imaginé que, pour quelqu'un d'un comportement aussi raffiné, dans un dilemme d'une telle subtilité, il aurait suffi d'une simple allusion — bref, d'une présomption. Mais il semblerait que je me sois trompé. En outre, ajoutai-je, sincèrement surpris, vous n'avez même pas encore touché à cet argent », et je lui désignai l'endroit où je l'avais laissé la veille.

Il ne répondit rien.

« Accepterez-vous, oui ou non, de me quitter ? » demandai-je alors, dans un brusque accès de colère, en m'avançant tout près de lui.

« J'aimerais mieux *ne pas* vous quitter », répondit-il en insistant calmement sur *ne pas*.

« Mais quel droit au monde vous autorise à rester ici ? Payez-vous un loyer ? Payez-vous mes impôts ? Ou bien êtes-vous propriétaire de ces locaux ? »

Il ne répondit rien.

« Êtes-vous prêt maintenant à poursuivre vos écritures ? Vos yeux sont-ils guéris ? Pourriez-vous, ce matin, copier un court document pour moi ? ou m'aider à collationner quelques lignes ? ou aller à la poste ? En un mot, ferez-vous quelque chose qui donne couleur à votre refus de quitter ces locaux ? »

Il se retira en silence dans son ermitage.

Je me trouvais à présent dans un tel état d'énervement et de ressentiment que je jugeai plus prudent de me retenir pour l'instant de toute autre démonstration. Bartleby et moi étions seuls. Je me souvins de la tragédie qui s'était déroulée entre l'infortuné Adam et le deux fois infortuné Colt, dans le bureau solitaire de ce dernier ; et comment Colt, poussé à bout par Adam et s'étant imprudemment laissé aller à une violente excitation, fut involontairement amené à son acte fatal — un acte qu'assurément personne ne pouvait déplorer autant que son protagoniste lui-même. J'avais souvent été amené à penser, lors de mes réflexions à ce propos, que si cette altercation avait eu lieu en public, dans la rue, ou dans une résidence privée, elle ne se serait pas terminée de la sorte. C'était le fait d'être seuls dans un bureau solitaire, à l'étage, dans un bâtiment que ne sanctifiait aucune association domestique humanisante — un bureau certainement sans tapis, d'aspect plutôt poussiéreux et rébarbatif — ces raisons devaient certainement avoir en grande partie contribué à accroître l'irritation désespérée du malheureux Colt.

Mais quand ce vieux ressentiment adamique m'envahit et me poussa à céder à la tentation en ce qui concerne Bartleby, je luttai contre lui et le jetai à terre. Comment ? Mais simplement en me remémorant l'injonction divine : « Je vous fais un commandement nouveau, qui est que vous vous aimiez les uns les autres. » Oui, ce fut ce qui me sauva. En dehors de toute autre considération, la charité opère souvent comme un immense principe de sagesse et de prudence — un excellent garde-fou pour qui la possède. Les hommes ont commis des meurtres par jalousie, par rage, par haine, par égoïsme, et par orgueil spirituel ; mais jamais, que je sache, un homme n'a commis de meurtre diabolique sous l'emprise de la douce charité. Le seul intérêt personnel, donc, si on ne peut pas faire appel à des motifs plus élevés, devrait inciter tous les êtres, et tout particulièrement les hommes d'un tempérament bouillant, à la charité et à la philanthropie. En l'occurrence, en tout cas, je tentai de dissiper les sentiments d'exaspération que m'inspirait le scribe par une interprétation bienveillante de sa conduite. Pauvre garçon, pauvre garçon ! pensai-je, ce n'est pas de la mauvaise volonté de sa part ; de plus, il en a vu de dures et il faut se montrer indulgent.

Je m'efforçai aussi de me trouver immédiatement une occupation et, ainsi, de me sortir de mon accablement. Je tentai d'imaginer que, au cours de la matinée, à un moment qui lui conviendrait, Bartleby, de son propre chef, émergerait de son ermitage pour s'avancer d'un pas

décidé vers la porte. Mais non. Midi et demie sonna; Dindon commença à rougeoyer, à renverser son encrier et à
se montrer généralement turbulent; Pincettes finit par
recouvrer la quiétude et la courtoisie; Gingembre
mâchonnait sa pomme de midi; et Bartleby resta debout
devant sa fenêtre dans une de ses plus profondes rêveries de mur aveugle. Le croira-t-on ? Me faudra-t-il
l'avouer ? Cet après-midi-là, je quittai mon étude sans
lui avoir adressé un mot de plus.

Quelques jours passèrent, durant lesquels, à mes
moments perdus, je feuilletais l'ouvrage d'Edwards sur
la « Volonté » et celui de Priestley sur la « Nécessité ».
Dans ces circonstances, ces livres me procurèrent un
réconfort salutaire. Petit à petit, je me laissai persuader
que mes préoccupations au sujet de mon scribe étaient
prédestinées depuis toute éternité et qu'une très sage pro-
vidence m'avait réquisitionné pour que je m'occupe de
Bartleby, ce qu'un simple mortel comme moi ne pouvait
pas comprendre. Oui, Bartleby, pensai-je, restez là derrière votre paravent; je cesserai de vous persécuter; vous
êtes aussi inoffensif et silencieux que l'une de ces vieilles
chaises; bref, je ne me sens jamais aussi à mon aise que
quand je sais que vous êtes là. Je l'ai enfin compris, enfin
senti; je découvre le dessein prédestiné de ma vie. Je suis
satisfait. D'autres ont peut-être une tâche plus élevée à
accomplir; mais ma mission en ce monde, Bartleby, est
de vous permettre de faire usage de mes bureaux pour
aussi longtemps qu'il vous plaira d'y rester.

Je suis persuadé que je serais resté dans le même état
d'esprit de bienheureuse sagesse sans les remarques

spontanées et peu charitables dont me gratifiaient mes collègues lorsqu'ils venaient dans mon étude. Mais le constant frottement avec des esprits grossiers finit en effet par éroder jusqu'aux meilleures résolutions des personnes les plus généreuses. Toutefois, à la réflexion, je ne pouvais pas m'étonner de voir mes visiteurs frappés par l'attitude étrange de l'incompréhensible Bartleby, et tentés alors de faire quelque remarque désagréable à son propos. Parfois, un avoué avec qui j'avais affaire venait dans mes bureaux et, n'y ayant trouvé que mon scribe, cherchait à obtenir de lui des informations précises sur l'endroit où je me trouvais ; mais, sans se préoccuper de ce bavardage oisif, Bartleby restait là, immuable, au milieu de la pièce. De sorte qu'après l'avoir contemplé quelques instants dans cette attitude, l'avoué s'en allait, pas plus éclairé qu'à son arrivée.

De même, lorsqu'une affaire pressante, un renvoi en cour de chancellerie se déroulait dans mon étude et que la pièce était pleine d'hommes de loi et de témoins, il arrivait qu'un de ces messieurs fort occupés, s'apercevant de l'oisiveté de Bartleby, lui demandât de courir à son bureau (celui de l'homme de loi) et de lui rapporter certains documents. Bartleby refusait tranquillement, et restait tout aussi oisif qu'auparavant. Alors cet homme, abasourdi, se tournait vers moi. Et que pouvais-je dire ? Je finis par comprendre que, dans le cercle de mes connaissances professionnelles, une rumeur étonnée courait au sujet de cette étrange créature que je gardais dans mon bureau. Cela m'ennuyait énormément. Et l'idée me traversa alors qu'il pourrait bien vivre jusqu'à un âge avancé ; continuer à occuper mon étude et à nier mon autorité ; à embarrasser mes visiteurs ; à rendre scandaleuse ma réputation professionnelle ; à répandre la tristesse dans mes locaux ; à garder l'âme chevillée au corps jusqu'à la fin grâce à ses économies (car il était peu probable qu'il dépensât plus de cinq *cents* par jour) ; et peut-être même finirait-il par me survivre et par réclamer la jouissance de mon étude du fait de son occupation perpétuelle — étant donné que ces sombres prévisions me préoccupaient de plus en plus et que mes amis ne cessaient de me lancer d'impitoyables remarques sur l'apparition qui hantait mon bureau, un grand changement se fit en moi. Je décidai de rassembler toutes mes facultés et de me débarrasser à tout jamais de cet intolérable incube.

Toutefois, avant d'élaborer un plan compliqué pour ce faire, je suggérai tout d'abord à Bartleby que son départ définitif serait opportun. Avec calme et gravité, j'en soumis l'idée à sa mûre et attentive considération. Mais, après avoir médité ma proposition pendant trois jours, il m'informa que sa détermination initiale restait inchangée ; bref, qu'il aimait mieux rester encore avec moi.

Que vais-je faire ? Telle fut la question que je me posai en boutonnant ma redingote jusqu'au dernier bouton. Que vais-je faire ? que dois-je faire ? que me dicte ma conscience ? que *fallait*-il faire de cet homme ou, plutôt, de ce fantôme ? Me débarrasser de lui — il le fallait ; qu'il s'en aille, il le faudrait bien. Mais comment ? Pourrais-tu vraiment mettre ce pauvre mortel, pâle et passif — pourrais-tu vraiment mettre à la porte une créature aussi infortunée ? comment pourrais-tu te déshonorer par une

telle cruauté ? Non, je ne le ferai pas, je ne le pourrai pas.
Plutôt le laisser vivre et mourir ici, quitte ensuite à y
emmurer ses restes. Et que vas-tu faire, alors ? En dépit
de toutes tes exhortations, il refuse de bouger. Tes pots-
de-vin, il les laisse sur ton bureau, sous ton propre
presse-papiers ; bref, il est tout à fait clair qu'il aime
mieux se cramponner à toi.

Il fallait donc prendre des mesures sévères, inusitées.
Quoi ! tu ne vas tout de même pas le faire appréhender
par un agent et envoyer en prison son innocente pâleur ?
Et de quels prétextes pourrais-tu te prévaloir pour cela ?
— il n'est quand même pas un vagabond ? Quoi ! lui, un
vagabond, un nomade qui refuse de bouger ? C'est donc
parce qu'il ne veut *pas* être un vagabond que tu voudrais
l'assimiler aux vagabonds. C'est par trop absurde.
Absence manifeste de ressources : voilà, je le tiens. Faux,
une fois de plus : car il a des ressources indéniables, et
elles sont la seule preuve incontestable qu'un homme
puisse fournir concernant la façon dont il subvient à son
existence. Assez, donc. Puisqu'il refuse de me quitter,
c'est moi qui dois le quitter. Je vais changer de bureaux ;
et je le préviendrai en bonne et due forme que si je le
trouve dans mes nouveaux locaux je le poursuivrai en
justice comme un vulgaire cambrioleur surpris chez moi.

En conséquence, le lendemain, je lui tins les propos
suivants : « Je trouve mon étude trop éloignée de l'hôtel
de ville ; l'air y est insalubre. En un mot, je me propose
de changer de bureaux la semaine prochaine et je n'aurai
plus besoin de vos services. Je vous préviens maintenant
afin que vous puissiez trouver une autre place. »

Il ne répondit pas, et pas un mot ne fut ajouté.

Le jour convenu, je louai des charrettes et des hommes, les accompagnai à mon étude et, comme j'avais très peu de meubles, tout fut transporté en quelques heures. Du début à la fin, le scribe resta debout derrière le paravent, qui, selon mes ordres, partirait le dernier. On l'enleva, après l'avoir plié comme un énorme folio — il ne restait plus que Bartleby, occupant immobile d'une pièce vide. Je m'attardai un instant dans l'entrée pour l'observer, et je me sentis envahi de remords.

Je rentrai, une main dans la poche — et — le cœur au bord des lèvres.

« Au revoir, Bartleby ; je m'en vais — au revoir, et que Dieu vous bénisse ; et, tenez », dis-je en lui glissant quelque chose dans la main. Mais il le laissa tomber par terre, et alors — étrange à dire — je m'arrachai à cet homme dont j'avais tant voulu me débarrasser.

Installé dans mes nouveaux locaux, je gardai la porte verrouillée pendant un jour ou deux, tressaillant à chaque bruit de pas dans les couloirs. Lorsque je regagnais mes bureaux, après la moindre petite absence, je faisais une légère pause sur le seuil et écoutais attentivement avant de mettre ma clé dans la serrure. Mais ces craintes étaient sans fondements. Bartleby ne vint jamais me trouver.

Je pensais que tout se passait bien, quand je reçus la visite d'un étranger qui me demanda d'un air inquiet si je n'étais pas la personne qui avait récemment occupé des bureaux au n°… de Wall Street.

Plein de pressentiments, je répondis que oui.

« Alors, monsieur, dit l'étranger, qui se trouvait être un homme de loi, vous êtes responsable de l'homme que vous y avez laissé. Il refuse de copier ; il refuse de faire quoi que ce soit ; il dit qu'il aime mieux pas ; et il refuse de quitter les lieux. »

« Je suis tout à fait désolé, monsieur, dis-je avec un calme feint mais aussi avec un frisson intérieur, mais, en réalité, l'homme auquel vous faites allusion ne m'est rien — il n'appartient ni à ma famille ni à mes apprentis, et je ne vois pas pourquoi vous me tenez responsable de lui. »

« Pour l'amour de Dieu, qui est-il ? »

« Je suis dans l'incapacité de vous renseigner. Je ne sais rien de lui. Je l'ai naguère employé comme copiste ; mais il ne fait rien pour moi depuis quelque temps. »

« Je lui réglerai donc son compte — au revoir, monsieur. »

Plusieurs jours passèrent et je n'eus aucune autre nouvelle ; la charité me poussait bien, par moments, à aller sur les lieux pour voir ce pauvre Bartleby, mais je ne sais quelle répugnance me retenait.

C'en est fait de lui à présent, pensai-je enfin, lorsqu'une semaine se fut écoulée sans nouvelles de lui. Mais, le lendemain, en arrivant à mon étude, je trouvai plusieurs personnes qui m'attendaient devant ma porte dans un grand état d'excitation.

« C'est lui — le voilà », s'écria le meneur du groupe, que je reconnus comme étant l'homme de loi qui était déjà venu me rendre visite.

« Il faut que vous l'emmeniez, monsieur, immédiatement », s'écria un individu corpulent qui s'était détaché du groupe et s'avançait vers moi — je savais qu'il était le propriétaire du n°… de Wall Street. « Ces messieurs, mes locataires, ne peuvent pas supporter plus longtemps cet état de choses ; Mr B… — indiquant l'homme de loi — l'a mis à la porte de son bureau, et à présent il persiste à hanter tout l'immeuble ; de jour, il est installé sur la rampe de l'escalier et, de nuit, il dort dans l'entrée. Tout le monde est inquiet ; les clients quittent les bureaux ; on craint une émeute ; il faut que vous fassiez quelque chose, et cela sans attendre. »

Je reculai, abasourdi par ce flot de paroles, et me serais volontiers retranché dans mes nouveaux quartiers. Ce fut en vain que je protestai une fois de plus que Bartleby ne m'était rien — ni d'ailleurs à personne d'autre. En vain — on savait que j'étais la dernière personne qui avait eu affaire à lui, et j'étais tenu pour responsable de cette triste histoire. De peur, donc, de voir mon nom étalé dans les journaux (comme m'en menaçait obscurément une des personnes présentes), je réfléchis au problème et annonçai finalement que si l'homme de loi voulait bien m'autoriser à parler au scribe en privé dans son étude, je ferais de mon mieux, cet après-midi, pour les débarrasser de cette présence gênante dont ils se plaignaient.

Lorsque je montai l'escalier menant à mes anciens locaux, je trouvai Bartleby assis en silence sur la rampe du palier.

« Que faites-vous ici, Bartleby ? » dis-je.

« Je suis assis sur la rampe », répondit-il doucement.

Je lui fis signe de me suivre dans le bureau de l'homme de loi, lequel nous laissa.

« Bartleby, dis-je, vous rendez-vous compte que vous êtes pour moi la cause de gros ennuis en persistant à occuper l'entrée après avoir été renvoyé du bureau ? »

Pas de réponse.

« Donc, de deux choses l'une : ou bien vous faites quelque chose, ou bien quelque chose doit être fait à votre égard. Bon, dans quel type d'affaire aimeriez-vous entrer ? Voudriez-vous recommencer à copier dans un bureau ? »

« Non ; j'aimerais mieux ne pas effectuer de changement. »

« Que diriez-vous d'un emploi de commis dans une mercerie ? »

« C'est un travail bien trop confiné. Non, un emploi de commis ne m'intéresserait pas ; mais je ne suis pas difficile. »

« Trop confiné, m'écriai-je, mais vous restez vous-même confiné tout le temps ! »

« J'aimerais mieux ne pas être commis », répliqua-t-il, comme s'il voulait régler cette petite question une fois pour toutes.

« Et si je vous proposais de tenir un bar ? Ce n'est pas un travail bien fatigant pour les yeux. »

« Cela ne me plairait pas du tout ; néanmoins, comme je l'ai déjà dit, je ne suis pas difficile. »

Sa loquacité inaccoutumée me redonna espoir. Je revins à la charge.

« Eh bien, alors, que diriez-vous de parcourir le pays et d'encaisser des factures pour des négociants ? Votre santé s'en trouverait améliorée. »

« Non, j'aimerais mieux faire autre chose. »

« Vous plairait-il alors de tenir compagnie à quelque jeune homme de bonne famille, de l'accompagner en Europe et de converser avec lui ? »

« Pas du tout. Je n'ai pas l'impression qu'il s'agisse de quelque chose de bien défini. J'aime être sédentaire. Mais je ne suis pas difficile. »

« Sédentaire vous serez donc », m'écriai-je, perdant alors toute patience et, pour la première fois de toute l'histoire exaspérante de mes relations avec lui, je me laissai aller à un accès de colère passionné. « Si vous ne quittez pas ces lieux avant la nuit, je me sentirais obligé — en fait, je *suis* obligé — de — de — de quitter moi-même les lieux. » conclus-je de manière assez absurde, ne sachant quelle menace parviendrait à l'effrayer et à convertir son immobilité en obéissance. Ayant compris l'inutilité de tout autre effort, j'allais le quitter précipitamment, quand une dernière idée me vint à l'esprit — une idée que j'avais déjà souvent caressée.

« Bartleby, dis-je avec toute la douceur dont je me sentais capable dans des circonstances aussi tourmentées, accepteriez-vous de venir chez moi maintenant — pas dans mes bureaux, mais à mon domicile — et d'y rester jusqu'à ce que nous ayons trouvé le temps de chercher une solution qui vous conviendrait ? Venez, allons-y tout de suite. »

« Non : pour le moment j'aimerais mieux n'effectuer aucun changement. »

Je ne répondis rien ; mais, étant parvenu à tromper tout le monde par la soudaineté et la rapidité de ma fuite, je me précipitai hors de l'immeuble, remontai Wall Street en courant en direction de Broadway et, sautant dans le premier omnibus qui passait, me trouvai rapidement à l'abri de toute poursuite. Dès que j'eus retrouvé ma tranquillité, je perçus clairement que j'avais fait tout ce que je pouvais, tant en ce qui concernait les demandes du propriétaire et de ses locataires, qu'en ce qui concernait mes inclinations et mon sentiment du devoir, qui étaient d'aider Bartleby et de le protéger d'une persécution brutale. Je m'efforçai à présent d'être parfaitement insouciant et tranquille ; et dans cette tentative j'étais soutenu par ma conscience ; sans cependant y parvenir aussi bien que je l'aurais voulu. J'avais tellement peur d'être de nouveau pourchassé par le propriétaire et par ses locataires exaspérés que, déléguant pour quelques jours mes affaires à Pincettes, je parcourus les hauts quartiers et les banlieues de la ville dans mon cabriolet ; traversai Jersey City et Hoboken, poussant même dans ma fuite jusqu'à Manhattanville et Astoria. En fait, pendant quelque temps je vécus plus ou moins dans mon cabriolet.

Lorsque je retournai à mon étude, hélas, une note du propriétaire était posée sur mon bureau. Je l'ouvris d'une main tremblante. Mon correspondant m'informait qu'il avait appelé la police et que Bartleby avait été emmené aux Tombes pour vagabondage. Ensuite il me demandait, étant donné que je le connaissais mieux que personne, de me rendre à la prison pour exposer précisément les faits. Cette nouvelle eut sur moi des effets contradictoires. Je fus tout d'abord pris d'indignation ;

mais, pour finir, j'approuvai presque. Le tempérament
énergique et expéditif du propriétaire l'avait conduit à
adopter une procédure qu'il m'aurait été, je pense, difficile d'engager ; et pourtant, en dernier ressort et dans des
circonstances aussi particulières, c'était sans doute la
seule solution.

Comme je l'appris par la suite, lorsqu'on fit comprendre au pauvre scribe qu'on allait l'emmener aux
Tombes, celui-ci n'opposa aucune résistance, et, toujours
aussi pâle et impassible, acquiesça en silence.

Quelques badauds, poussés par la compassion et la
curiosité, s'étaient joints au groupe ; et la procession
silencieuse, dirigée par l'un des agents, qui tenait Bartleby par le bras, s'était frayé un chemin dans les avenues
tumultueuses au milieu du bruit, de la chaleur et de la
gaieté de midi.

Le jour même où je reçus la note, je me rendis aux
Tombes, ou, pour m'exprimer correctement, à la Maison
de Justice. Après avoir trouvé le fonctionnaire responsable, je lui exposai la raison de ma visite et il me
confirma que l'individu que j'avais décrit était bien dans
ces murs. J'assurai alors au fonctionnaire que Bartleby
était un homme d'une parfaite honnêteté et qu'il fallait
lui témoigner de la commisération, malgré son inexpli-
cable excentricité. Je fis le récit de tout ce que je savais et
terminai en suggérant qu'on lui rendît la réclusion aussi
douce que possible, jusqu'à ce que des dispositions moins
draconiennes eussent été trouvées — sans toutefois avoir
d'idée précise quant à ce qui pouvait être fait. Dans tous
les cas, s'il était impossible de trouver autre chose, l'hos-

pice devrait l'accueillir. Je demandai ensuite si je pouvais avoir une entrevue avec lui.

Comme il n'était pas sous le coup d'une inculpation infamante et qu'il se comportait en toute sérénité et innocence, on lui avait permis de se promener librement dans toute la prison et, tout particulièrement, dans les cours intérieures tapissées de gazon. Et ce fut là que je le trouvai, debout tout seul dans la plus tranquille des cours, le visage tourné vers un des hauts murs, tandis que tout autour, je crus voir les yeux des meurtriers et des voleurs qui l'observaient depuis les fentes étroites des fenêtres des cellules.

« Bartleby ! »

« Je vous connais, dit-il sans se retourner — et je n'ai rien à vous dire. »

« Ce n'est pas moi qui vous ai fait mettre ici, Bartleby, dis-je, douloureusement vexé de ce soupçon implicite. Et il ne faut pas croire que cet endroit est pour vous une demeure infamante. Votre présence ici n'est la marque d'aucun reproche. Et puis, regardez, cet endroit n'est pas aussi triste qu'on aurait pu le penser. Regardez, voilà le ciel, et voilà le gazon. »

« Je sais où je suis », répondit-il ; comme il refusait d'en dire plus, je le laissai là.

Lorsque je regagnai le couloir, un gros homme charnu portant un tablier m'accosta et, avec un geste du pouce par-dessus son épaule, me dit — « Est-ce là votre ami ? »

« Oui. »

« Est-ce qu'il veut mourir de faim ? Dans ce cas, c'est facile, qu'il se nourrisse de l'ordinaire de la prison. »

« Qui êtes-vous ? » demandai-je, ne sachant que penser d'une personne au langage si peu officiel dans un pareil endroit.

« Je suis le gargotier. Ceux de ces messieurs qui ont des amis ici me payent pour que je leur apporte de bonnes choses à manger. »

« Est-ce vrai ? » dis-je en me tournant vers le guichetier.

Il me répondit par l'affirmative.

« Eh bien, alors, dis-je en glissant un peu d'argent dans les mains du gargotier (car c'était ainsi qu'on le nommait), je désire que vous portiez une attention particulière à mon ami là-bas ; apportez-lui le meilleur déjeuner que vous ayez. Et soyez aussi poli que possible avec lui. »

« Présentez-moi, voulez-vous ? » dit le gargotier en me regardant comme s'il était impatient de me donner un aperçu de sa bonne éducation.

Jugeant que ce serait utile au scribe, j'acquiesçai et, après avoir demandé son nom au gargotier, je l'emmenai auprès de Bartleby.

« Bartleby, je vous présente un ami ; il vous sera fort utile. »

« Votre sarviteur, monsieur, votre sarviteur, dit le gargotier en plongeant dans une révérence derrière son tablier. J'espère que l'endroit vous plaît, monsieur ; de beaux terrains — des appartements d'une grande fraîcheur — j'espère que vous resterez quelque temps avec nous — je ferai tout pour rendre votre séjour agréable. Qu'aimeriez-vous aujourd'hui pour déjeuner, »

« J'aime mieux ne pas déjeuner aujourd'hui, dit Bartleby en se détournant. Cela ne me conviendrait pas ; je n'ai pas l'habitude de déjeuner. » Ce disant, il s'en fut lentement de l'autre côté de la cour et prit position face au mur aveugle.

« Comment ça ? dit le gargotier, s'adressant à moi d'un air étonné. C'est qu'il est bizarre, celui-là. »

« Je pense qu'il est un peu dérangé », dis-je avec tristesse.

« Dérangé ? Ah, il est dérangé ? Eh bien, ma parole, moi, je croyais que votre ami était un monsieur, un faussaire ; ils sont toujours pâles et assez distingués, les faussaires. Je peux pas m'empêcher d'en avoir pitié — peux pas m'en empêcher, monsieur. Avez-vous connu Monroe Edwards ? » ajouta-t-il d'une manière émouvante, puis il se tut. Alors, posant tristement sa main sur mon épaule, il soupira, « il est mort d'une consomption pulmonaire à Sing-Sing. Donc, vous n'avez pas connu Monroe ? »

« Non, je n'ai jamais entretenu de relations sociales avec des faussaires. Mais je ne peux rester plus longtemps. Prenez soin de mon ami là-bas. Vous y trouverez votre profit. Je vous reverrai. »

Quelques jours plus tard, je fus de nouveau autorisé à entrer aux Tombes, et je parcourus les corridors à la recherche de Bartleby ; mais sans le trouver.

« Je l'ai vu sortir de sa cellule il y a peu de temps, me dit un guichetier, sans doute est-il allé flâner du côté des cours. »

Je pris donc cette direction.

« Vous cherchez l'homme silencieux, me dit un autre guichetier que je croisai. Il est couché là-bas — il est endormi dans cette cour-là. Il n'y a pas vingt minutes que je l'ai vu s'étendre. »

La cour était parfaitement tranquille. Elle n'était pas accessible aux prisonniers ordinaires. Les murs qui l'entouraient, d'une extraordinaire épaisseur, la protégeaient de tous les bruits. Le caractère égyptien de la maçonnerie m'accablait d'un poids lugubre. Mais un doux gazon captif poussait sous les pas. Cette cour paraissait être au cœur des pyramides éternelles où, par quelque étrange magie, avaient germé des graines d'herbe, que les oiseaux avaient laissées choir entre les fentes.

Étrangement pelotonné à la base du mur, les genoux au menton, et couché sur le flanc, la tête en contact avec les pierres froides, je vis un Bartleby amaigri. Mais rien ne bougeait. Je m'arrêtai ; puis m'approchai de lui ; me penchai, et m'aperçus que ses yeux sans éclat étaient ouverts ; il paraissait pourtant sommeiller profondément. Quelque chose m'incita à le toucher. Je tâtai sa main et un frisson électrique remonta le long de mon bras et descendit mon échine jusqu'à mes pieds.

La face rebondie du gargotier m'observait. « Son déjeuner est prêt. Va-t-il une fois de plus laisser son déjeuner, aujourd'hui ? Il vit donc sans jamais déjeuner ? »

« Il vit sans déjeuner », dis-je, et je lui fermai les yeux.

« Eh ! — Il est endormi, n'est-ce pas ? »

« Avec les rois et les consuls de la terre », murmurai-je.

*

Il ne semble pas nécessaire de poursuivre plus loin ce récit. L'imagination suppléera sans peine à cette maigre description de l'internement du pauvre Bartleby. Mais, avant de quitter le lecteur, permettez-moi d'ajouter que, si ce petit récit l'a suffisamment intéressé pour éveiller sa curiosité au sujet de la personne de Bartleby et du genre de vie qu'il avait menée avant que le présent narrateur n'eût fait sa connaissance, je ne peux que répondre que je partage tout à fait cette curiosité mais que je suis absolument incapable de la satisfaire. Cependant je ne sais pas bien, à ce point, si je dois révéler un certain petit bruit qui est venu à mes oreilles quelques mois après le décès du scribe. Ce qui le fondait, je n'ai jamais pu le découvrir ; et, en conséquence, je suis incapable de dire s'il est véridique. Mais étant donné que ce bruit vague avait tout de même éveillé chez moi un certain intérêt suggestif, nuancé de tristesse, il se peut qu'il en soit de même pour d'autres que moi ; et je vais donc le mentionner brièvement. Le bruit était le suivant : Bartleby aurait été clerc subalterne au Bureau des Lettres mortes à Washington, et il aurait perdu son poste à la suite d'un changement administratif. Lorsque je songe à cette rumeur, il m'est difficile d'exprimer l'émotion qui s'empare de moi. Lettres mortes ! cela ne sonne-t-il pas aux oreilles comme êtres morts ? Imaginez un homme qui, par nature et par malchance, soit enclin à un désespoir blafard, peut-on concevoir besogne mieux conçue pour accroître ce sentiment que celle de manier continuellement ces lettres mortes, et de les classifier avant de jeter dans les flammes ? Car c'est par voiturées entières qu'on les brûle chaque année. Parfois d'entre les feuillets pliés le clerc retire un anneau — le doigt auquel il était destiné s'effrite peut-être dans la tombe ; un billet de banque envoyé en toute hâte — celui qu'il aurait secouru ne mange plus et ne ressent plus la faim ; un pardon pour ceux qui sont morts dans la désolation ; l'espoir pour ceux qui sont morts désespérés ; de bonnes nouvelles pour ceux qui sont morts écrasés sous le poids des calamités. Dans leur mission de vie, ces lettres courent vers la mort.

Ah, Bartleby ! Ah, humanité !

« I would prefer not to... »

« "J'aimerais mieux ne pas" appartient à
l'infini de la patience, ne laissant pas prise à
l'intervention dialectique : nous sommes
tombés hors de l'être, dans le champ du
dehors où, immobiles, marchant d'un pas
égal et lent, vont et viennent les hommes
détruits. »

Maurice Blanchot, *Discours sur la
patience*.

« I would prefer not to... », traduit par « je préférerais
ne pas... » : formule-talisman, mot de passe de la société
secrète, signe de connivence de la tribu. Non pas celle des
melvilliens mais celle des « bartlebiens », tant il est vrai
que chacun, dans l'auberge espagnole de l'œuvre melvil-
lienne, choisit son inclination...

Herman Melvill (l'orthographe du nom ne sera trans-
formée qu'en 1834) naît le 1er août 1819 à New York,
digne descendant d'une ligne prestigieuse : du côté de sa
mère Maria Gansevoort, des patriciens d'origine hollandaise au premier rang desquels figure le général Peter
Gansevoort, héros de la révolution américaine ; du côté
de son père Allan Melvill, des commerçants d'origine
anglo-écossaise, dont Thomas, le grand-père d'Herman,

s'illustre glorieusement durant la Guerre d'indépendance. On imagine à quelle carrière tristement prévisible aurait été promis le jeune Herman si le destin n'avait pas très tôt courbé sa trajectoire en le faisant probablement naître à l'écriture par où il meurt au monde terrien. Un double naufrage le propulse vers la mer : la ruine (1830) puis la mort (1832) de son père ; la faillite du commerce de peaux et de fourrures de son frère Gansevoort où il tenait les comptes (1837). À dix-neuf ans, il s'engage comme mousse à bord d'un navire marchand, le *St. Lawrence*, en partance pour Liverpool : premier parfum du large.

Employé de banque, garçon de ferme, instituteur, géomètre-arpenteur, maître d'école : revenu à la terre, rien ne satisfait cet esprit habité par «un éternel, un ardent désir des choses lointaines». À vingt et un ans, il largue les amarres. Départ de Nantucket en décembre 1840 sur le baleinier l'*Acushnet*; désertion aux îles Marquises seize mois plus tard après un séjour d'un mois chez les cannibales Taïpis ; sauvetage par le capitaine du baleinier *Lucy Ann* qui l'embarque pour une campagne de pêche ; participation à une mutinerie qui lui vaut trois semaines de réclusion dans la prison anglaise de Tahiti ; pérégrinations dans les îles de l'Archipel ; six mois de chasse à la baleine dans les zones de pêche japonaises à bord du *Charles and Henry*; plus d'un an comme gabier à bord de la frégate de guerre *United States*…

Chacun de ces épisodes inspirera un livre : le roman d'apprentissage *Redburn* (1849), correspond principalement à l'expérience du *St. Lawrence*, *Taïpi* (ou *Typee*) reprend le séjour aux Marquises et l'éden cannibale, *Omoo* (1846) l'aventure haïtienne, *La Vareuse blanche* (1850) emprunte à la traversée sur le *United States*… et le fameux *Moby Dick* (publié à Londres, en octobre 1851, sous le titre *La Baleine* et un mois plus tard, à New York, sous son titre désormais légendaire) transfigurera toutes ces « choses vues ».

Si *Taïpi* et *Omoo*, récits de voyage exotiques teintés de simplisme rousseauiste, sont deux des plus grands succès de librairie de l'époque, le reste de l'œuvre, d'une écriture spéculative beaucoup plus ambitieuse, connaît un destin tragique : *Mardi*, épais roman allégorique publié en 1849, est assassiné par la critique et ignoré par le public, tout comme le seront *Moby Dick* deux ans plus tard, et *Pierre, ou les ambiguïtés*, en 1852. Le sort s'acharne : un incendie ayant détruit en décembre 1853 les entrepôts de l'éditeur américain Harper, pas un seul exemplaire des œuvres de Melville n'y survit. Aucun de ses romans ne sera réimprimé de son vivant. Imagine-t-on ce que signifie, pour un écrivain déjà désespéré d'avoir été aussi peu et mal lu, la condamnation à ne plus pouvoir l'être du tout ?

C'est un petit mois avant cet incendie que tombe, du ciel melvillien déserté, un astre noir : *Bartleby l'écrivain*[1]. Le texte *Bartleby* est aussi dénué de passé et d'avenir que le personnage de Bartleby ; il n'a pas d'origine et n'aura pas de prolongements. Rien ne l'annonce véritablement et rien ne lui fera vraiment écho. Ce court chef-d'œuvre est un cri entre deux silences : en amont, celui des mots qui n'ont pas été lus et qui ne tarderont pas à s'évanouir en cendres ; en aval, celui des balbutiements poétiques, que le fiasco du *Grand Escroc* et la publication posthume de *Billy Budd* ne suffiront pas à trouer.

Inspecteur des douanes du port de New York : c'est dans la peau d'un « assis » que Melville, lassé d'aventures, miné de déceptions et rongé de deuils (dont celui de son fils aîné qui se suicide à dix-sept ans) hantera de 1866 à 1885 le Gansevoort Meat Market — ainsi nommé d'après le patronyme de son propre grand-père ! — auquel il est revenu comme un cheval fourbu à l'écurie… ou un Bartleby rivé à son étude. Retrouvant sa liberté grâce à un héritage providentiel, il s'attelle fébrilement à la rédaction de *Billy Bud*, dont on retrouvera le manuscrit après sa mort en septembre 1891. Sur son bureau, une note manuscrite : « Reste fidèle aux rêves de ta jeunesse… »

« Il y a une semaine, Herman Melville est venu me voir au consulat, assez semblable à ce qu'il était autrefois (un peu plus pâle, et peut-être un peu plus triste), vêtu d'un manteau d'étoffe rude, et avec la gravité et les manières réservées qui lui sont propres » : est-ce bien Melville que décrit ainsi son ami Hawthorne dans ses *Carnets* en novembre 1856, ou Bartleby, silhouette fantomatique aux contours de songe, apparition caractérisée tout au long du texte par sa pâleur cadavérique, sa solitude d'au-delà des vivants et son mutisme de copiste jamais « relu » ? Compris tour à tour comme une fable philosophique où Bartleby figurerait le type du saint schopenhauerien ou incarnerait le « nihilisme existentiel » ; une satire sociale violemment comique où se révèle la misère des foules d'anonymes écrasés par la folie moderne des grandes métropoles ; une allégorie de l'écriture, un récit psychanalytique, une expérience mystique, une parabole biblique, un symbole du dépérissement de l'humanité, un mythe prométhéen, un conte homosexuel… L'opuscule aura été le prétexte à des milliers de pages interprétatives[2], à deux adaptations cinématographiques[3] et à deux opéras[4].

Prise dans un tourniquet herméneutique sans fin (« J'aimerais mieux ne pas trancher… »), cette machine piégée défie la logique explicative de la critique tout comme le personnage de Bartleby défie celle du notaire : le texte fascine dans la mesure même où, n'offrant pas de clef de lecture définitive, il place le lecteur dans la posture du narrateur impuissant. Nul doute que sa capacité d'envoûtement tient précisément à cette « inquiétante étrangeté » qui en suspend à jamais le sens : « Le moyen qu'a l'écrivain de provoquer l'inquiétante étrangeté consiste à ne pas nous laisser deviner, pendant un temps assez long, quelles conventions président à l'univers qu'il a adopté, ou bien, jusqu'à la fin, d'éviter avec art et astuce de nous en donner une explication décisive[5]. » Jusqu'à la fin en effet, jusqu'à cet épilogue qui se refuse à clore le livre : « Si ce petit récit a suffisamment intéressé [le lecteur] pour éveiller sa curiosité au sujet de la personne de Bartleby et du genre de vie qu'il avait mené avant que le présent narrateur n'eût fait sa connaissance, je ne peux que répondre que je partage tout à fait cette curiosité mais que je suis absolument incapable de la satisfaire. »

I would prefer not to : la formule cryptée de la résistance passive est contagieuse comme la folie. Tout le monde l'« attrape » au contact du pestiféré. Bartleby est bien le frère en littérature de l'idiot dostoïevskien qui « révèle », au sens chimique du terme, la déraison de ceux qui l'entourent. Surgi du néant, retourné au néant, « seul en ce monde dont il est le seul absent », Bartleby l'écrivain n'est apparu que le temps de dérégler les horloges du monde...

OLIVIER NORA

1. Ne trouvant plus d'éditeur, c'est grâce à ses contes que Melville survit désormais : il en compose une quinzaine, qu'il vend au *Putnam's Monthly Magazine* ou au *Harper's New Monthly Magazine*. *Bartleby* est la première nouvelle envoyée au *Putnam's* en novembre 1853. Ses contes et nouvelles publiés dans *Putnam's* seront rassemblés en 1856 par l'éditeur new-yorkais Dix and Edwards sous le titre *The Piazza Tales*.

2. Voir surtout les contributions et sources bibliographiques contenues dans : « Herman Melville : "Bartleby" », in *Delta*, avril 1978, n° 6, et novembre 1978, n° 7 ; *Melville Annual 1965, A Symposium : Bartleby the Scrivener*, édité par Howard P. Vincent, The Kent State University Press, 1966 ; *Studies in Minor and Later Works of Melville*, édité par Raymona E. Hull, Transcendental Books, 1970.

3. Le premier réalisé par George Bluestone, le second par Maurice Ronet.

4. Opéra de chambre : livret par Edward Albee, interprété par William Flanagan ; opéra : livret par Jay Leyda, interprété par Aschafenburg.

5. Sigmund Freud, in *Essais de psychanalyse appliquée*.

Vie de Herman Melville

1er août 1819. Naissance, à New York City, de Herman, troisième enfant d'Allan Melvill et de Maria Melvill.

1830-1932. Allan Melvill fait faillite et s'établit à Albany, où il meurt en 1932. Herman étudie à l'Albany Academy, puis est engagé comme clerc à la New York State Bank.

1834. Il travaille dans la ferme de son oncle, Thomas Melvill, à Pittsfield, dans le Massachusetts.

1835-1837. Il est clerc, à Albany, dans l'entreprise de son frère aîné, qui fait changer leur nom de famille en Melville. Herman est instituteur pendant trois mois à Pittsfield et commence à écrire.

1839-1840. Après de courtes études d'ingénieur et de géomètre, Herman s'engage comme mousse sur le *St. Lawrence* et fait l'aller retour New York-Liverpool. Il enseigne quelque temps puis part dans l'Illinois où s'est installé son oncle Thomas Melvill. Retour à New York.

1841-1844. En janvier 1841, Herman embarque comme marin sur le baleinier *Acushnet*. Il déserte en juillet 1842 avec son ami Toby Greene, séjourne dans l'île de

Nukahiva (Marquises), avec les « cannibales » de Typee, et s'embarque sur le baleinier australien *Lucy Ann*. Dix marins, parmi lesquels Herman, se mutinent à Tahiti et sont mis en prison ; Herman s'évade, part pour l'île de Moorea, et est embauché comme harponneur sur le baleinier *Charles and Henry*. Après six mois à Honolulu, il s'engage dans la marine américaine et part sur la frégate *United States*. Il débarque à Boston en octobre 1844.

1845-1850. C'est à Boston que Melville écrit *Typee*, publié en 1846, et *Omoo*, en 1847. Ces deux livres d'aventures ont un énorme succès. En août 1847, auteur célèbre, il épouse Elizabeth Shaw, fille du président de la cour d'appel du Massachusetts ; le couple s'installe à New York. Melville écrit deux autres livres, publiés en 1949 : *Mardi*, roman d'aventures polynésiennes, auquel il intègre ses préoccupations métaphysiques et qui n'eut aucun succès, et *Redburn*. La même année, il séjourne en Europe. En 1850, il publie *White Jacket*, roman dans lequel il utilise son expérience de la marine américaine.

1850-1856. Il s'installe dans le Massachusetts, où il a acheté une ferme, et se lie d'amitié avec un de ses voisins, l'écrivain Nathaniel Hawthorne, à qui il dédie *Moby Dick*, terminé au mois d'août 1851. En décembre, il commence son septième livre, *Pierre*, publié en 1852. Si l'accueil réservé à *Moby Dick* avait été plutôt froid, celui réservé à *Pierre* est catastrophique. Sa réputation décline aussi rapidement qu'elle avait crû ; criblé de dettes, père de quatre enfants, il tente en vain d'obtenir un poste de consul à l'étranger. Il écrit des nouvelles pour des magazines, publiées en 1856 sous le titre de *The Piazza Tales* (dont *Bartleby*, qui paraît d'abord en revue à la fin de 1853), puis un roman historique, *Israel Potter* (1856). *The Confidence Man* (*Le Grand Escroc*), son dernier livre, est publié en 1856.

1856-1863. Sur les conseils de sa famille inquiète pour sa santé, il part en octobre 1856 pour l'Angleterre, la Méditerranée et la Terre Sainte. À son retour, après avoir tenté, sans succès, de donner des conférences, il entreprend un tour du monde sur le bateau de son frère Tom, le *Meteor*, mais doit s'arrêter à San Francisco et rentrer. Pendant la Guerre civile, il ne parvient pas à s'engager comme officier dans la marine, vend sa ferme et s'installe définitivement à New York en 1863.

1864-1891. En 1866, Melville obtient le poste d'inspecteur de la douane de New York : pendant vingt ans, il parcourt les quais du port. À partir de 1859 ou 1860, il n'écrit plus que de la poésie, publiée à compte d'auteur : *Battle-Pieces and Aspects of the War* (1866), *Clarel : A Poem and Pilgrimage in the Holy Land* (1876), *John Marr and Other Sailors* (1888) et *Timoleon* (1891). Grâce à un héritage, en 1885, Melville prend sa retraite et revient à la prose. Il meurt le 28 septembre 1891, presque totalement oublié du public. Son dernier texte, *Billy Bud*, trouvé après sa mort, a été publié en 1924.

Repères bibliographiques

Ouvrages de Herman Melville
- *Moby Dick*, Gallimard, 2 vol., Folio, nᵒˢ 1216 et 1217.
- *Mardi*, Gallimard, Folio nᵒ 1497.
- *Taipi*, Gallimard, Folio nᵒ 1526.
- *Bartleby, Les Îles enchantées; Le Campanile*, avec une postface de Gilles Deleuze, Garnier Flammarion, nᵒ 502.
- *Omoo : récits des mers du Sud*, Garnier Flammarion, nᵒ 590.
- *Moi et ma cheminée;* Le Seuil, Points Roman, 1985.
- *Benito Cereno et autre contes de la véranda*, Gallimard, L'Imaginaire, 1977.
- *Billy Bud, marin : récit interne. Daniel Orme*, Gallimard, L'Imaginaire, 1987.
- *Carnets de voyage (1856-1857)*, Mercure de France, 1993.
- *D'où viens-tu, Hawthorne? (correspondance)*, Gallimard, 1986.
- *Poèmes de guerre*, Gallimard, coll. Poésie, 1991.

Études sur Herman Melville
- BEAULIEU (Victor-Lévy), *Monsieur Melville*, Flammarion, 1980.
- CAUSSE (Michèle), *Petite réflexion sur Bartleby*, Nouveau Commerce, 1976.
- GIONO (Jean), *Pour saluer Melville*, Gallimard, 1986.
- JAWORSKI (Philippe), *Melville, le désert et l'empire*, Presses de l'École normale supérieure, 1986.
- « Herman Melville », revue *Europe*, nᵒ 744, 1991.
- « Melville », *Cahiers Cistre*, nᵒ 9, L'Âge d'homme, 1991.
- « Melville », *L'Arc*, nᵒ 41, 1970.

Mille et une nuits propose des chefs-d'œuvre pour le temps
d'une attente, d'un voyage, d'une insomnie…

Dans la même collection

Pour chaque titre, le texte intégral, une postface,
la vie de l'auteur et une bibliographie.

Achevé d'imprimer en août 1994,
sur papier recyclé par G. Canale & C. SpA (Turin)